Jörg Juretzk

Das Schwein k

mit der Post

Für Cora und Verena

Jörg Juretzka

Das Schwein kam mit der Post

Mit Bildern von Papan

Gerstenberg Verlag

5
4
3
2
1
Saskia ist saudoof!

Kapitel 1

Müde drückte Leo die Vier. Müde beobachtete er, wie sich die Aufzugtüren schlossen. Müde fühlte er die Kabine anrucken. Zwei Stunden Circle Training unter Othmar Reinhart, »dem letzten grundehrlichen Sadisten«, wie Leos Freund Kalle den Sportlehrer gerne bezeichnete, hatten ihn geschafft. Nur ein Tag Schule noch, dann war endlich Ostern. Zwei Wochen frei! Und während der Fahrstuhl seine ruckelige Fahrt in den vierten Stock aufnahm, legte sich Leo ein Programm für die Ferien zurecht:

Er würde grundsätzlich bis mittags pennen.

Er würde jede körperliche Betätigung vermeiden.

Er würde sich, wo es nur ging, von völlig ungesundem Zeug ernähren.

Und er würde alles daransetzen, so viel Zeit wie eben möglich vor einem flimmernden Bildschirm zu verbringen.

Ein einziger Schultag noch, doch danach war Leo entschlossen, eine gründliche Auszeit vom Stress zu nehmen.

Nun, es sollte anders kommen. Ganz anders.

Müde schleppte Leo sich zur Wohnungstür. Müde kramte er nach seinem Schlüssel. Seine Schwester sollte eigentlich zu Hause sein, also hätte er genauso gut klingeln können, doch – ajeh.

Saskia! Seit man ihr die Schneeketten verpasst hatte, war sie nicht mehr auszuhalten. Nur noch zickig. Leo verstand den Zusammenhang nicht, aber in seiner Erinnerung waren Zahnspangen und Zickigkeit an ein und demselben Tag über sie gekommen. Und seither war es besser, man ging ihr einfach aus dem Weg. Gerade wollte er den Schlüssel ins Schloss stecken, da wurde die Tür von innen aufgerissen. Saskia starrte ihn aus großen Augen an und stammelte: »Dem Himmel sei Dank, dass du da bist!«

Leo war baff. Er war so baff, dass er seine Müdigkeit vergaß. Er war so baff, dass er sich kurz umdrehen musste, um nachzusehen, ob auch wirklich er gemeint war. Ein freundliches Wort zur Begrüßung, und das von Saskia! Um es mal so auszudrücken: Eine Eins in Mathe hätte ihn weniger überrascht. Oder eine in Latein. Oder ein einziges Vorspielen, ohne dass seine Klavierlehrerin diese Zuckungen im Gesicht bekam. All das hätte ihn weniger verblüfft als eine Schwester, die dem Himmel dafür dankte, ihn zu sehen.

Da war etwas faul. Unter normalen Umständen behandelte Saskia ihn bestenfalls wie einen geistig zurückgebliebenen, lästigen kleinen Verwandten. Hm-hm. Irgendetwas musste sie angestellt haben. Und er sollte ihr jetzt wohl aus der Patsche helfen. Nun denn. Der lästige kleine Verwandte war durchaus bereit zu helfen. Nur keinesfalls umsonst.

Gespannt betrat Leo die Wohnung. Saskia schloss die Tür hinter ihnen.

»Da«, sagte sie und zeigte mit dem Finger. Als ob Leo keine Augen im Kopf hätte. Und keine Nase vorn und keine Ohren seitlich dran. Mitten im Flur stand eine hölzerne Kiste. Ungefähr so groß wie eine liegende Waschmaschine. Aus der Kiste roch es. Und zwar ziemlich stark. Es roch wie ein Ausflug aufs Land, wenn man die Autoscheiben nicht schnell genug hochgedreht bekommt. Und in der Kiste rumorte es. Irgendetwas scharrte, schnüffelte und grunzte. Grunzte irgendwie unzufrieden.

Leo nahm sich Zeit, Saskia einen langen Blick zu schenken.

»Da, da, da waren diese Männer«, stammelte sie.

Leo sah seine Schwester an, wie man jemanden ansieht, der drauf und dran ist, einem eine ganz besonders idiotische Lüge aufzutischen.

Plötzlich quiekte es aus der Kiste, kurz und schrill. Eine Kiste mit offensichtlich lebendem, stark riechendem und quiekendem Inhalt, mitten im Flur der elterlichen Wohnung. Seine Schwester musste den Verstand verloren haben.

»Wo um alles in der Welt hast du das her?«, stellte Leo die einzig vernünftige Frage. Mit ein bisschen Glück konnten sie das Ding wieder dahin zurückschicken, und zwar jetzt gleich. Anschließend etwas lüften und dann den Mantel des Schweigens über die Geschichte breiten. Leo fragte sich, wie viel er Saskia für seinen Rat, seine Mithilfe und vor allen Dingen für den Mantel des Schweigens abknöpfen sollte.

»Iiich?«, riss ihn seine Schwester schrill aus den Kalkulationen. »Iiich? Wo iiich das herhabe? Iiich habe da niiichts mit zu tun. Das ist an diiich adressiert.« (Wenn sie sich aufregte, hatte Saskia eine Art, das »i« zu dehnen, die ihren Bruder jetzt schon mit Mitleid erfüllte für den armen Kerl, der sie eines schönen Tages mal abkriegen würde.)

»›Für Leopold Ohlig‹«, fuhr sie fort, »haben die Männer vom Paketdienst erklärt, also habe ich gesagt: ›Dann stellen sie es mal hier hin.‹ So, und der Rest ist dann wohl dein Problem, oder?«

Leo wurde es mit einem Mal warm. Leopold Ohlig, das war er. Das war sein Name, da gab es kein Vertun.

»Ich bin ja mal äußerst gespannt«, schickte Saskia noch spitz hinterher, »was unsere lieben Eltern wohl dazu sagen werden.«

Ja, darauf durfte man wirklich gespannt sein. Leos Eltern hatten es gerne ordentlich in ihren vier Wänden. Und sie mochten keine Überraschungen. Schon gar keine, stand zu befürchten, die scharrten, schnüffelten, grunzten und quiekten.

Leo kniete sich hin und beäugte die Kiste. Obenrum hatte der mysteriöse Absender jede Menge Löcher in die Seitenwände gebohrt. Zur Belüftung, natürlich. Neugierig spähte er durch eins hindurch. Und blickte direkt hinein in ein großes, feuchtes, schnüffelndes Nasenloch.

»Hrmpf«, machte das Wesen, zu dem das Nasenloch gehörte.

An einer der beiden Stirnseiten der Kiste klebte ein Brief. Mit einem Gefühl von Vorahnung riss Leo das Schreiben erst ab, dann auf.

»Lies laut«, drängte seine Schwester. Also gut. Er begann vorzulesen, und während er das tat, wurde es ihm langsam wärmer und wärmer und wärmer.

Lieber Leo, stand da,

es tut mir Leid, dich so ohne Vorwarnung zu überfallen, doch musste ich überraschend (Krach mit Lulu, aber sag's nicht weiter) ein Engagement annehmen (Klimperfritze auf einer Nachtfähre über die Nordsee, doch wenn dein Vater fragt, sag ihm, ich sei »auf Konzertreise«, hörst du? Sonst hat er nur wieder was zu meckern), und ich habe in der Kürze der Zeit niemanden gefunden, bei dem ich Agathe hätte lassen können. Sie kommt aus Tibet, hört aufs Wort, ist stubenrein und von extrem freundlichem Wesen, wenn auch ein bisschen eigensinnig, und ich habe sie erst drei Wochen, doch sie ist mir schon furchtbar ans Herz gewachsen. Deshalb pass gut auf sie auf, ja? Spätestens in zwei Wochen komme ich sie wieder abholen.

Viele liebe Grüße,

Dein Onkel Ernst.

Das war alles.

Sein Onkel Ernst, ja. Väterlicherseits. Pianist. Warum Leos Vater trotzdem immer laut wurde oder das Thema wechselte, wenn man auf seinen jüngeren Bruder zu sprechen kam, lag daran: Onkel Ernst war Pianist, ganz richtig, doch leider nicht in Oper und Konzert, sondern in einer Bar. Und zwar ausgerechnet in »Lulu's Nachtbar«, auch bekannt als »Lulu's Nacktbar«. Ein Lokal, über das man so allerlei hörte. Obwohl eigentlich, wie man so hörte, nie jemand dort hinging. Abgesehen von Onkel Ernst natürlich. Der spielte da ja Klavier.

Doch jetzt machte er das auf einer Fähre. Hin und her über die Nordsee. Und Leo sollte so lange seine Agathe hüten. Wer auch immer oder was auch immer das sein mochte. Agathe aus Tibet. Die mit dem großen, feucht schnüffelnden Nasenloch. Höchstens vierzehn Tage. So langsam ging Leo sein Irrtum auf. Es war nicht seine Schwester, die den Verstand verloren hatte. Nein, es war sein Onkel Ernst.

Aus der Kiste drang entschieden ungeduldiges Grunzen und Scharren. Ein heftiges Krachen ließ die hölzernen Wände wackeln.

»Wir werden sie rauslassen müssen«, entschied Leo, auch wenn ihm mulmig war bei dem Gedanken, was sie da wohl zu Gesicht bekommen würden. »Sie wird Hunger haben und Durst.«

»Rauslassen?« Saskia blickte alarmiert. »Wir wissen doch noch nicht mal, was es ist. Ich meine, hör dir das an.« Leo horchte. Und schluckte. Was immer es sein mochte, es klang nicht, na ja, *niedlich*. Ein mit piepsiger Stimme vorgetragenes Maunzen kann niedlich klingen. Ein im Bassbaritonbereich angesiedeltes Grunzen nicht.

»Trotzdem«, sagte er.

»Aber wenn, dann ganz allein auf deine Verantwortung«, meinte Saskia.

Ja, ja, ja. Auf seine Verantwortung. Drinlassen konnten sie das ... Wesen ... auf alle Fälle nicht.

Aus der Abstellkammer holte er einen Hammer und einen großen Schraubenzieher. Den setzte er unter dem Kistendeckel an, trieb ihn mit ein paar Schlägen in den Spalt und begann zu hebeln. Schon nach fünf, sechs Versuchen war der Deckel lose. Leo zählte innerlich bis drei und nahm ihn ab.

»Hrmpf«, machte es, und augenblicklich streckte das Wesen seinen Kopf aus der Kiste, legte die Vorderhufe auf den Rand und sah sich mit schlackernden Ohren lebhaft um. Es war ungefähr so groß wie ein mittelgroßer Hund, von hellem Rosa und war braun gestreift dabei. Bei Katzen würde man »getigert« sagen. Bei Schweinen war Leo sich da nicht so sicher.

»Hrmpf«, wiederholte Agathe und es klang schon zufriedener als eben noch. Dann warf sie den Kopf in den Nacken, was ihre riesigen Ohren nach hinten klappen ließ, und legte so zwei kleine, hellbraune und hellwache Augen frei, mit denen sie Leo und Saskia sehr aufmerksam musterte. Ihr rosaroter, ebenfalls fein gestreifter Rüssel schnüffelte unablässig dabei.

»Ein Schwein«, kommentierte seine Schwester, was unübersehbar war. »Ein lebendes Schwein bei uns in der Wohnung.« So ganz schien sie es noch nicht glauben zu können. »Wenn Günzmann davon erfährt, springt der im Achteck.«

Au weia, Günzmann! Leo überlief es kalt beim Gedanken an den übereifrigen Hausverwalter, der mit seiner schrillgestimmten Frau im Erdgeschoss wohnte und schon beim allerkleinsten Verstoß gegen die Hausordnung aus seiner Tür geschossen kam wie ein Kettenhund aus seiner Hütte. Und in den Wohnungen Tiere zu halten, stand ganz weit oben auf der häuslichen Verbotsliste.

Doch Leo mochte erst mal keinen weiteren Gedanken an Friedrich Günzmann verschwenden. Ihn interessierte etwas anderes: Ob Agathe sich wohl streicheln ließ?

Jetzt, wo die Kiste offen war, sah man auch, was so streng roch:

Agathe hatte während des Transportes mal gemusst. Und dann hatte sie sich, wie es aussah, mittenrein gesetzt … Es schien empfehlenswert, sie mehr vorn zu streicheln. Die Borsten waren überraschend rau, kein Vergleich zu dem Fell eines Hundes oder einer Katze. Und auch wenn Agathe sich das Kraulen ganz gerne gefallen ließ, so machte sie doch einen abgelenkten Eindruck. Während sich Leo um sie bemühte, schnüffelte sie intensiv in alle vier Richtungen, die der Flur zu bieten hatte, wobei sie sich mit den Vorderbeinen einmal rund um den Kistenrand bewegte. In Richtung Küche stoppte sie. Schnüffelte noch mal. Gab ein entschlossenes »Hrmpf« von sich, sprang mit einem Satz aus der Kiste, hoppelte erstaunlich flott auf ihren kleinen Hufen den

Flur entlang und rammte mit der Schulter die Küchentür auf. Und während Leo und Saskia ihr noch verblüfft hinterhersahen, hörte man aus der Küche schon ein blechernes Scheppern und ein kurzes, zufriedenes Grunzen. Besorgt eilten sie dem Schwein nach.

Der Treteimer lag elegant umgeschmissen auf der Seite, und Agathe war bis zu den Schultern darin verschwunden, kauend und schmatzend, Ringelschwanz in freudiger Kreisbewegung.

»Nein«, schrie Saskia, »lass das!«

Der Ringelschwanz stoppte. Die Geräusche eifrigen Kauens und Schmatzens verstummten. Ein kurzes, trockenes Husten drang aus dem Eimer. Sich leicht hin und her windend zog Agathe ihren Kopf hervor, warf ein Ohr nach hinten und sah Saskia an, als wollte sie sagen: »Willst du mir allen Ernstes verbieten, den Abfall zu fressen? Hm? Möchtest du ihn etwa lieber für dich selber?«

Ohne eine Antwort abzuwarten, tauchte die Sau wieder in den Eimer ab, zufrieden weiter mümmelnd, Schwänzchen wieder auf voller Drehzahl.

Und jetzt? Wohin mit dem Tier? Leo sah auf die Uhr. Noch rund eine Stunde Zeit, bis ihre Eltern von der Arbeit kamen. Sein Vater würde bei Agathes Anblick einen Anfall kriegen, so viel war sicher. Leos Vater mochte keine Überraschungen, mochte Tiere nicht besonders und mochte vor allem keinen Ärger. Und Agathe erfüllte alle Kriterien: Sie war überraschend aufgetaucht, sie war ein Tier und sie versprach jede Menge Ärger mit Hausverwalter Günzmann. Also konnte sie nicht in der Wohnung bleiben. Doch was dann? Wohin mit einem mittelgroßen, gestreiften, tibetanischen Schwein? Mitten in der Stadt?

»Ich weiß nicht, ob du es schon bemerkt hast«, meinte Saskia, »aber dein Schwein ist hinten ganz voll Kacke.«

So schnell geht das, dachte Leo: Urplötzlich war es *sein* Schwein. Und hinten ganz voll.

Agathe war mit dem Müllvertilgen fürs Erste fertig. Munteren Schrittes trippelte sie in den Flur zurück, als es sie plötzlich juckte. Hinterm Ohr. Also setzte sie sich, um sich mit der Hinterpfote zu kratzen, wie man das so macht.

»Iiih«, schrie Saskia, »jetzt schmiert sie die ganze Kacke auf den Teppichboden!«

Das war bitter, aber wahr. Leo seufzte.

»Wir werden sie duschen müssen«, fügte er sich ins Unvermeidliche.

»Wiiir?«, fragte Saskia schrill. »Machst du Witze? Ich bin jetzt gleich zum Tennis verabredet. Dieses Schwein ist ganz allein dein Problem. Ich werde mir deswegen keinen Ärger aufhalsen. Hab ich mich deutlich genug ausgedrückt?«

Ja, das hatte sie. Leo konnte spüren, wie er sauer wurde. Und nervös. Doch keine Panik. Sein Onkel hatte ihm ein Schwein zur Aufsicht geschickt und er, Leo, würde das schon irgendwie meistern. Mit oder ohne seine zickige Schwester. Also, erst mal ins Bad mit Agathe. Schon stellte sich das nächste Problem: Wo und wie fasst man ein Schwein an, das man in die Badewanne hieven möchte? An den Ohren? Wohl kaum. Am Rüssel vorn und am Schwänzchen hinten? Schien auch keine gute Idee zu sein. Leo

probierte es nach kurzer Überlegung, indem er sich quer über Agathes Rücken stellte und sie hinter den Vorderbeinen um den Bauch packte. Ja, so könnte es gehen. Das ließ sie sich auch gefallen. Leo griff also zu und Agathe sah kurz zu ihm hoch und verpasste ihm einen ebenso freundlichen wie extrem feuchten Nasenstüber. Doch viel mehr passierte nicht. Dieses Schwein war nur etwa mittelgroß, aber, verdammt, es war schwer. Und es war rund. Überall. Schwierig zu packen, hieß das. Man konnte machen, was man wollte, irgendwie rutschten die Hände immer wieder ab. Und die ganze Zeit von einer hämisch grinsenden Schwester beobachtet zu werden, half auch nicht gerade. Mit puterrotem Gesicht und wachsendem Ärger mühte Leo sich ab, doch er brachte die Sau höchstens vorn vom Boden hoch oder hinten, aber nicht mit allen vieren. Schließlich gab er schwer atmend auf.

»Ich denke, sie hört aufs Wort?«, stichelte Saskia. »Warum sagst du ihr dann nicht einfach, sie soll in die Wanne hüpfen?«

Hm. Gar nicht mal so dumm. Leo schnipste mit dem Finger, damit Agathe ihn ansah. Dann zeigte er in die Badewanne und keuchte, immer noch außer Atem: »Hopp!«

Agathe nahm sich einen Augenblick Bedenkzeit. Sorgfältig schätzte sie die Höhe ab und machte zwei, drei Schritte rückwärts für mehr Anlauf, bevor sie tatsächlich sprang. Der dicke Bauch wollte nicht so recht über den Wannenrand, doch sie strampelte so lange mit den Beinen, bis sie nach vorn rutschte und schließlich etwas unsicher auf dem glatten Boden der Badewanne zum Stehen kam.

Toll. Leo beeilte sich, schnappte sich die Dusche und drehte das Wasser auf. Lauwarm. Sofort wandte Agathe sich um und begann an dem Strahl herumzuschlabbern. Hatte wohl Durst, das arme Tier. Nach einer Weile meinte Leo, jetzt müsse es aber gut sein, und wollte das warme Wasser ans schmierige hintere Ende lenken, doch ging Agathes Kopf immer mit, wohin er die Dusche auch bewegte. Sie schlürfte das Nass in Mengen, gurgelte lautstark damit, spuckte es im hohen Bogen durchs halbe Bad, ließ es sich in die Nase laufen, bis sie dermaßen niesen musste, dass es den ganzen großen Spiegel einnebelte, und hatte offensichtlich alles in allem einen Heidenspaß. Nur an ihren Hintern wollte sie es nicht heranlassen. Es war zum Auswachsen!

»Nun hilf mir schon!«, raunzte Leo seine Schwester an. »Du brauchst sie doch nur ein bisschen hier vorn festzuhalten.«

Saskia in ihrem adretten weißen Tennisdress zierte sich natürlich gehörig, doch schließlich gab sie nach.

Wie sich zeigte, brauchte sie Agathe noch nicht mal richtig festzuhalten, sondern nur hinter den Ohren zu kraulen. Vorne gekrault und gleichzeitig hinten warm abgeduscht zu werden – mit gesenktem Kopf ließ die Sau sich das gerne gefallen. »Ochochochochoch«, machte sie, leise und wohlig. Alles wäre so schön gewesen, wenn ... ja, wenn warmes Wasser genügt hätte. Aber mit Wasser alleine ging *Es* nicht ab. Man würde mit Seife oder Shampoo oder sonst was nachhelfen müssen. Und das hieß nichts anderes als: einreiben, einschäumen, abrubbeln, kurz – hingreifen!

»Leih mir doch mal eben kurz deinen Waschlappen«, sagte Leo möglichst beiläufig zu seiner Schwester. Ein absolut tödlicher Blick traf ihn.

»Scherz«, erklärte er beschwichtigend, doch den Blick änderte das nicht.

Also denn. Was sein muss, muss sein. Rasch ließ Leo eine großzügige Menge Duschgel in seine Hand laufen, sah woanders hin und begann Agathe den Hintern einzuseifen. Die grummelte zufrieden. Und als er einmal so dabei war, schäumte er auch gleich die ganze Sau ein. Der gefiel das prächtig. Nur den Kopf ließ er frei, damit ihr kein Schaum in die Augen laufen konnte, doch der Rest sah bald aus wie eine kugelrunde Schaumwolke auf kurzen Haxen.

»So, fertig«, sagte Leo. »Jetzt nur noch abspülen.« Er griff sich die Dusche, richtete den Strahl auf Agathes Rücken ... und musste irgendwie an den Heißwasserhahn gekommen sein. Als Agathe von den ersten, zugegebenermaßen sehr, sehr heißen Tropfen getroffen wurde, quiekte sie empört auf. Dann sprang sie der völlig überraschten Saskia in die Arme, von da aus auf den Boden, drehte eine quiekende Runde durchs Bad, stürmte in den Flur, drehte da auch noch eine Runde, eine unübersehbare Schaumspur hinter sich her ziehend, und flüchtete sich zum Schluss in die hinterletzte Ecke unter der Bank in der Küche.

Die Geschwister sahen sich an. Bleich.

Leo, weil ihm das mit dem heißen Wasser Leid tat, und weil jetzt plötzlich, von einem Augenblick auf den anderen, Bad, Flur und Küche komplett versaut waren, im wahrsten Sinne des Wortes. Und Saskia, weil man das Gleiche von ihrem Tennisdress sagen konnte. Sie blickte an sich herunter und schnappte nach Luft. Das ganze Kleid voll Schaum, ihre Verabredung im Eimer und ihr dämlicher kleiner Bruder besaß noch die Frechheit zu grinsen!

»Das wirst du mir büßen!«, schrie sie, außer sich.

Leo sah kühl auf seine Fingernägel.

»Mag sein«, meinte er ruhig. »Doch zuerst lass uns mal das Schwein einfangen, abduschen, abtrocknen und dann das Chaos hier beseitigen. Uns bleibt gerade mal noch eine Dreiviertelstunde.«

Saskia traute ihren Ohren nicht.

»Uns?!«, brüllte sie. »Wirst du mir bitte mal verraten, was iiiich mit alldem zu tun habe?«

Ihr Bruder antwortete mit einer rasend machenden Ruhe.

»Sehen wir es einmal nüchtern«, erklärte er: »Du hast mitgeholfen, das Schwein zu baden, als dieses kleine Malheur passierte.« Er sah sich vielsagend um. »Kannst du dir vorstellen, wie viele Tennisstunden du in den nächsten Wochen nehmen wirst, wenn es hier gleich immer noch so aussieht?«

Es fehlte nicht viel, und Saskia hätte der Schlag getroffen, als ihr klar wurde, dass dieser kleine Lump von einem Bruder Recht hatte. Sie hatte mitgeholfen und alle Wut dieser Welt vermochte daran nichts mehr zu ändern. Im nächsten Augenblick hatte sie sich den Putzeimer geschnappt, den Lappen und den Schrubber gegriffen und das Kommando an sich gerissen.

»Du kümmerst dich um das Schwein und die verdammte Kiste«, donnerte sie. »Überlass mir den Rest!« Und sie begann zu wirbeln.

Nein, Agathe wollte nicht aus ihrer Ecke ganz hinten unter der Küchenbank hervorkommen. Auf gar keinen Fall. Den Teufel würde sie tun und sich noch mal die Schwarte verbrühen lassen. Nein, nein und nochmals nein. Stolz und beleidigt und unbeugsam saß sie da, in einem kleinen See von Badeschaum, und ließ sich weder locken noch drängen noch erweichen.

Leo entschuldigte sich vielmals, versprach ihr alles Mögliche, schmeichelte, bat – Agathe blieb stur.

»Schaff dieses Schwein ins Bad oder ich raste aus!«, schrie seine Schwester von der Tür her. »Ich zähle bis drei!« Und Mordlust flackerte aus ihren Augen.

»Da hörst du's«, sagte Leo zu Agathe. Die wirkte plötzlich nicht mehr ganz so stolz und unbeugsam.

»Eins …«, kam es laut und warnend. Agathe setzte sich in Bewegung.

»Zwei …«, grollte es drohend. Agathe trippelte sehr zügig durch die Küche.

»Darrreiii!«

Und Agathe huschte an Saskia vorbei ins Badezimmer, sprang von sich aus in die Wanne und ließ alles Weitere widerstandslos über sich ergehen. Ein misstrauisches Auge hielt sie allerdings auf den Heißwasserhahn gerichtet, bis das Abspülen vorbei war. Und schon beim Frottieren war sie wieder gut gelaunt und ließ ihr kleines, gemütliches »Ochochoch« hören.

Die Kiste! Leo sah sie sich kritisch an. Sie war nur zusammengenagelt. Kurz entschlossen griff er zum Hammer und hatte sie binnen zwei Minuten in ihre Einzelteile zerlegt. Weitere zwei Minuten und er hatte auch die ganzen Nägel krumm geklopft. Agathe verfolgte jede seiner Bewegungen aufmerksam. Deutete man ihr gelegentliches »Hrmpf« richtig, schien sie die Demontage ihres Gefängnisses sehr zu begrüßen. Als Leo den Deckel der Kiste beiseite stellte, entdeckte er eine Plastiktüte, die mit Klebestreifen darunter befestigt war. Neugierig riss er sie ab und schüttelte den Inhalt heraus. Es handelte sich um ein blaues Hundehalsband und eine ebenfalls blaue Leine. Agathe sah nur die Leine, war mit einem Satz an der Wohnungstür und rumste mit dem Rüssel dagegen. Vielleicht musste sie mal? Daran hatte er überhaupt noch nicht gedacht. Was, wenn sie jemand sah? Hausverwalter Günzmann würde es garantiert erfahren. Und wenn nicht er, dann seine Frau, die schlimmste Tratschbase des ganzen Viertels. Und Günzmann würde einen nie da gewesenen Riesenzirkus veranstalten, so viel war sicher. Leo spürte bei dem Gedanken Schweißperlen um seine Haarwurzeln kitzeln.

Wir schleichen durchs Treppenhaus, entschied er. Da war die Gefahr, entdeckt zu werden, nicht ganz so groß. Die meisten Leute sind ja bequem und nehmen lieber den Aufzug. Und bei der Gelegenheit konnte er auch gleich die Kistenbretter in den Keller bringen. Doch erst musste er Agathe das Halsband umlegen. Die hatte nichts dagegen. Dann klinkte er die Leine ein, klemmte sich einen Stapel Bretter unter den Arm, öffnete die Wohnungstür und – zack! Ein Ruck straffte die Leine, Hufe scharrten, fanden Halt und schon ging es vorwärts wie beim Wasserski. Agathe zog, dass Leo der Arm lang wurde, sie zog wie ein Powerboot. Das ging halbwegs gut, solange es nur geradeaus den Flur entlang ging. Doch dann bog sie links ab. Ins Treppenhaus. Links ab und abwärts.

Gleichzeitig. Da wurde es akrobatisch. Für den Jungen, nicht für die Sau. Die nahm die Kurven mit Vollgas, im Drift, stürzte sich mit Begeisterung jeden neuen Treppenlauf hinunter, Leo wie selbstverständlich mit sich reißend. Der musste jeweils zwei oder drei Stufen auf einmal herabspringen, um überhaupt mitzukommen. Klar, dass dabei die Bretter unter seinem Arm anfingen, in alle Richtungen auseinander zu wandern.

»Langsam!«, mahnte er keuchend.

»Hrmpf!«, kam es von vorn.

»Leise!«, raunte er, da verabschiedete sich das erste Brett. Klapperte die Stufen hinunter, rutschte über den Flur und wäre um ein Haar gegen eine Wohnungstür gegongt. Genauso das nächste Brett, nur eine Biegung später. Und dann noch eins ...

Es war ein Wunder, dass sie sich nicht beide den Hals brachen, aber irgendwie kamen sie heil im Keller an. Wenn auch ohne die Bretter. Die lagen kreuz und quer im ganzen Haus verteilt.

Während Leo nach dem rasenden Abstieg noch um Atem rang, rumste Agathe schon mit der Nase gegen die Kellertür: Sie wollte raus.

Leicht schwindelig von den vielen Biegungen öffnete Leo, doch erst mal nur einen Spalt, zum Durchspähen. Agathe zwängte ihren Rüssel in den Türspalt und spähte mit. Viel zu sehen gab es nicht. Gleich hinter dem Haus erstreckte sich, was die Kinder »Günzmanns Reich« nannten: Zwei rechteckige Stücke Rasenflächen, geteilt durch einen gepflasterten Gehweg, links und rechts umgeben von ein wenig Gebüsch. Mitten auf beiden Rasenflächen prangte je ein Schild: »Betreten verboten!«. Fraglich blieb, wie die Schilder da hingekommen waren. Ohne dass jemand den Rasen betreten hätte. Doch sie wirkten: In Hausverwalter Günzmanns Reich hielt sich so gut wie nie jemand auf. Auch heute nicht. Und die Wohnungen im Haus hatten nach hinten nur Schlaf- und Badezimmerfenster. Da sah nur selten jemand raus.

Er konnte es riskieren, entschied Leo. »Hört aufs Wort«, hatte Onkel Ernst geschrieben. Trotzdem war Leo etwas mulmig zumute, als er die Leine löste.

»Lauf nicht so weit weg«, mahnte er, doch da war Agathe schon im Gebüsch verschwunden. Und nur zwei Minuten später kam das Schwein ganz ohne Hast wieder zum Vorschein, hier mal schnüffelnd, da mal schnüffelnd. Ob er sie einen Moment lang allein lassen konnte? Er musste es versuchen. Die Kistenbretter lagen noch überall im Treppenhaus verstreut.

»Bleib schön hier«, rief er leise und jagte die Treppen hoch. Blitzartig sammelte er das ganze Holz ein, schleppte es runter und verstaute alles im Familienkeller, wo es in dem Durcheinander aus Stühlen, Bänken und Kartons, Leos altem Holzschlitten und dem hier seit rund zehn Jahren geparkten Kinderwagen gar nicht weiter auffiel. Rasch sah er nach dem Schwein, das immer noch friedlich herumschnüffelte, dann flitzte er hoch, holte den Rest der Kiste aus der Wohnung, verstaute auch diese Teile, pfiff schließlich nach Agathe und führte sie in den Keller. Aus einer alten Wolldecke zauberte er ein bequemes Lager, sagte: »Soo, leg dich schön hier hin, in einer Stunde oder so komme ich nach dir schauen.«

Agathe musterte die Wolldecke ohne jede Begeisterung. Sie

sah sich in dem engen, voll gestellten, leicht muffig riechenden Keller um. Sie machte »Hrmpf« und es hörte sich diesmal überhaupt nicht zufrieden an. Als sie sich umdrehte, bekam sie gerade noch mit, wie der Junge die Lattentür schloss, verriegelte und sich davonschleichen wollte.

Oha! So sah es also aus. Erst hatte man sie in einer engen Kiste endlos durch die Gegend geschaukelt, dann hatte man ihr die Kehrseite mit heißem Wasser verbrüht und jetzt wollte man sie in diesem düsteren Loch einkerkern?

Agathe holte tief Luft. Sie nahm Anlauf.

Leo war schon um die Ecke, als er es krachen hörte.

Er hatte noch nicht mal Zeit gefunden, sich umzudrehen, da tauchte Agathe schon an seiner Seite auf, ein paar Holzsplitter im borstigen Fell, doch ansonsten bester Dinge, wie man an ihrem rotierenden Ringelschwanz sehen konnte.

Leo hastete zurück. Der Anblick sträubte ihm das Nackenhaar. Die Lattentür zum Ohlig'schen Kellerverschlag war, positiv ausgedrückt, um eine Öffnung reicher. Gerade groß genug, die Öffnung, um ein mittelgroßes Schwein durchzulassen. Überall im Kellergang lagen herausgebrochene, zersplitterte Lattenstücke herum. Mit fliegenden Fingern sammelte Leo alles ein, stellte einen Pappkarton vor das Loch und betete zum Himmel, dass so bald niemand den Schaden bemerken möge.

Notgedrungen nahm er Agathe also wieder mit hoch, wo er sie erst mal in seinem Zimmer unterbrachte. Dagegen hatte sie seltsamerweise nichts.

Saskia hatte in der Wohnung inzwischen Wunder gewirkt.

Das Bad glänzte wieder, der Teppichboden war fleckenlos und in der Küche war sie auch fast so weit. Zusammen erledigten sie die letzten Handgriffe. Es war beinahe schön. Sie hatten schon lange nichts mehr gemeinsam gemacht. Leo versuchte ein versöhnliches Lächeln. Es verpuffte unbeachtet.

Saskia arbeitete mit zähneknirschendem Groll. Vor allem die entgangene Verabredung, von der ihr kleiner Bruder nichts zu wissen brauchte, ließ sie an Rache denken. An grässliche Rache. Wortlos verdrückte sie sich ins Bad, wo sie sich eine Wanne einließ, und Leo ging auf sein Zimmer. Da waren noch ein paar Hausaufgaben zu erledigen. Schweine konnten einem ins Haus schneien, Schwestern konnten einen hassen, Probleme konnten sich anhäufen bis hoch zum Hals, trotzdem waren da immer noch ein paar Hausaufgaben zu erledigen. Kaum im Zimmer, die nächste Überraschung: Die Sau war weg! Dabei war doch die ganze Zeit die Tür zu gewesen! Panisch sah er sich um, unterm Bett, unterm Schreibtisch, schaute sogar in den Schrank – nichts. Weg. Seine Eltern kamen jetzt jeden Augenblick zurück und die Sau war weg. Leo musste sich zusammennehmen, um nicht zu schreien. Matt ließ er sich auf seinen Stuhl sinken. Da hörte er ein gedämpftes, aber hochzufriedenes »Ochochoch«.

Agathe war nämlich gar nicht verschwunden.

Nein, sie lag bloß nicht unterm Bett. Sie lag *im* Bett, in seinem Bett, lang und bequem, und gemütlich zugedeckt hatte sie sich auch. Erst wollte er protestieren, denn, mal im Ernst, wer möchte schon gerne ein Schwein in seinem Bett haben? Er hatte die Bettdecke schon in der Hand, da kam ihm eine kleine Erleuchtung. Wenn *er* das Schwein schon übersehen hatte, würden andere es wohl erst recht nicht bemerken, oder? Also ...

»Halloo!«, rief seine Mutter durch den Flur. »Jemand zu Hause? Was denn, Saskia, du bist nicht beim Tennis? Du wirst mir doch nicht etwa krank?« Noch ehe Saskia antworten konnte, redete die Mutter schon weiter. »Leopold? Leeoo, komm doch mal bitte eben her, ich muss kurz etwas mit euch besprechen.«

Leo gehorchte sofort, achtete aber darauf, die Tür zu seinem Zimmer sorgfältig hinter sich zuzumachen.

»Hört zu, Kinder, ich habe komplett vergessen, euch zu sagen, dass euer Vater und ich heute Abend zum Essen eingeladen sind. Wir sind deshalb fuuurchtbar in Eile. Papa wartet unten im Wagen. Saskia, mein Mädchen, wo du schon mal hier bist, könntest du nicht so süß sein und das Abendbrot für euch beide machen?«

Einen Augenblick lang sah es so aus, als wollte Saskia anfangen zu maulen, doch dann blitzte plötzlich ein teuflisches Lächeln über ihr Gesicht.

»Aber gerne«, flötete sie und Leo beäugte sie voller Misstrauen. »Ich werde etwas Feines kochen«, versprach Saskia. »Für mich und meinen lieben Bruder.«

Worte voller Wärme und Freundlichkeit. Trotzdem legte sich Leo so etwas wie ein Vorgeschmack auf die Zunge. Ein Vorgeschmack von ... Brokkoli.

»Na, dann ist ja alles in Ordnung«, fand ihre Mutter. »Vertragt euch gut. Und wartet nicht auf uns, es wird bestimmt spät.« Ein flüchtiger Kuss für beide auf die Wange und schon war sie wieder davongeflattert.

Leo war einerseits erleichtert. Seine Eltern aßen außer Haus, das gab ihm eine Schonfrist, was das Schwein anging. Doch was sein eigenes Abendessen betraf, erfüllten ihn die düstersten Ahnungen. Er konnte Saskia in der Küche hören. Sie sprach mit sich selbst, immer noch in diesem gefährlich freundlichen Tonfall.

»Na, da wollen wir doch mal sehen, was wir Gutes in der Tiefkühltruhe haben«, zwitscherte sie. »Was ist das denn? Gemüse? Das sieht ja sehr gesund aus! So schön grün! Sicher genau das Richtige für kleine Jungs im Wachstumsalter.«

Deprimiert schloss Leo seine Zimmertür. Was immer seine Schwester aus der Truhe fischte, er würde es noch früh genug zu Gesicht bekommen.

Mit silberheller Stimme bat Saskia zu Tisch. Sie hatte Servietten gedeckt, eine weiße Tischdecke aufgelegt, sogar eine Kerze hatte sie angezündet. Der Küchentisch sah regelrecht festlich aus. Für einen kurzen Moment fasste Leo ein wenig Hoffnung. Seine Schwester war weiterhin die Freundlichkeit in Person. Zuckrig lächelnd servierte sie die Vorspeise. Kopfsalat.

Lappiger, fader, noch nicht einmal besonders frischer Kopfsalat. Leo hasste Kopfsalat.

»Guten Appetit«, zwitscherte Saskia und mampfte lustvoll drauflos. Ihren Bruder beschlich der Verdacht, dass sie ihren Salat etwas anders angemacht hatte als seinen. Es schien ihr wirklich zu schmecken.

Seufzend machte er sich ans Essen. Wenn das ihre Rache war, brachte er es wohl am besten schnell hinter sich.

Agathe kam gähnend in die Küche gestratzt, hockte sich neben den Tisch und sah erwartungsvoll zu ihnen hoch, die Nase in ständiger Bewegung.

Ganz wie Leo befürchtet hatte, stellte der Salat nur einen Vorgeschmack dar. Einen Vorgeschmack auf den wahren Horror. Auf seinem Teller, der ihm mit einem eleganten Schwung präsentiert wurde, fanden sich, liebevoll arrangiert: Vorn eine winzige, schwarz verbrannte Bratwurst, dicht zusammengedrängt mit drei mehligen Kartoffeln, und dahinter dann ein Hügel, ein Berg, ein Gebirge von grünen, faden, matschigen, verhassten Brokkoli.

»Nun iss schön«, zwitscherte Saskia, »damit du groß und stark wirst. Du kannst es brauchen.«

Für sich selbst hatte sie, fiel Leo auf, keine Brokkoli gemacht. Sondern Tortellini. In einer duftenden Käsesoße. Selbst dem Schwein war diese Ungleichbehandlung nicht entgangen, denn es richtete sein schnüffelndes Interesse eindeutig mehr in Saskias Richtung aus.

Leo schob seinen Teller mit einem Ruck von sich. »Ich werde das nicht essen«, ließ er seine Schwester wissen.

Die gabelte genüsslich einen Tortellini auf und verspeiste ihn mit sichtlichem Behagen.

»O doch«, teilte sie ihrem Bruder geziert mit.

»Sag mir einen Grund, warum ich sollte«, forderte Leo trotzig.

»Eine herausgerutschte Bemerkung über ein heimlich in einem Kinderzimmer gehaltenes Schwein?«, deutete Saskia an. »Dessen Besitzer zufällig dein Lieblingsonkel Ernst ist?«

Leo seufzte leise. Ernst war sein einziger Onkel. Aber er wäre auch dann sein Lieblingsonkel gewesen, wenn es noch ein Dutzend anderer Onkel gegeben hätte.

»Dem unser lieber Vater den Kopf abreißen wird, wenn er von diesem Schlamassel hier erfährt?«, schickte Saskia einen dritten Grund hinterher.

Ihr Vater regte sich sowieso schon ständig über seinen Bruder Ernst auf. Das kam wahrscheinlich daher, dass sie so verschieden waren, die beiden. Familienvater Alfred Ohlig war in etwa dem gleichen Maße *normal*, wie Single Ernst Ohlig, tja, ein bisschen verrückt war. Und immer, wenn die beiden Streit hatten, bekam Leo seinen Onkel nur selten zu Gesicht.

Saskia sah ihn kalt an. »Also iss!«, bellte sie.

Leo wusste, wann er geschlagen war. Unter den scharfen Augen seiner Schwester begann er zu kauen. Fieberhaft suchte er dabei nach einem Ausweg. Nie im Leben würde er es schaffen, eine solche Unmenge Schweinefutter ... Schweinefutter? Gleichzeitig mit diesem Gedanken klingelte das Telefon. Wie immer war Saskia sofort auf den Beinen.

»Das ist für mich«, rief sie eilig. »Und du isst schön weiter«, sagte sie noch im Rausgehen, »ich bin gleich zurück!«

Sie war noch nicht ganz aus der Tür, da hielt Leo schon den ersten Strunk Brokkoli vor Agathes wartende Schnauze. »Haps«, und weg war das Zeug. Der Junge grinste und griff nach dem nächsten Strunk auf seinem Teller. Schnell, schnell jetzt. Mit ein bisschen Glück könnte er es schaffen, das meiste von dem Grünzeug zu verfüttern. Doch nein. Es kam nicht dazu.

Agathe gab ein Geräusch von sich. Es klang ein bisschen so, wie man macht, wenn man eine Gräte im Hals hat. »Kchrruärgs« oder so ähnlich. Zusammen mit dem Geräusch gab sie noch etwas von sich. Es war der Strunk Brokkoli. Angewidert besah sie ihn sich noch einmal, wie er so auf dem Boden vor ihr lag, machte dann kehrt, warf scheppernd den Treteimer um und steckte den Kopf hinein.

»Nicht mal die Sau frisst das, was du gekocht hast«, beschwerte er sich, als Saskia, mit dem Hörer am Ohr, einen misstrauischen Kontrollblick in die Küche warf. Sie legte kurz die Hand auf die Sprechmuschel.

»Die muss ja auch nicht«, flötete sie süß und plinkerte mit den Augen dazu.

Später am Abend, nach Einbruch der Dunkelheit und bis zu den Ohren voll mit dem widerwärtigen Gemüse, nahm Leo Agathe noch mit auf eine kleine Runde um den Block, immer im Schatten der Laternen. Sie begegneten niemandem, und als sie heimkamen, war es Zeit fürs Bett. Nachdem er sich den Schlafanzug angezogen, die Zähne geputzt und seiner Schwester äußerst knapp »Nacht« gewünscht hatte, merkte Leo langsam, wie müde er war. Voll gestopft und hundemüde. Es war, alles in allem, ein ziemlich aufreibender Tag gewesen. Wenn das so weiterging, konnte er sich die Vorstellung von ruhigen, stressfreien Osterferien von der Backe putzen. Nachdenklich schloss er die Tür zu seinem Zimmer, löschte das Licht und öffnete vorsichtshalber das Fenster, obwohl er nicht fand, dass die frisch geduschte Sau irgendwie besonders auffällig roch. Mit einem mordsmäßigen Gähnen schwang er sich ins Bett.

Da lag schon jemand. Mittendrin, dick und breit, und sorgfältig zugedeckt.

Zuerst mal versuchte Leo, sich ein wenig Platz zu verschaffen.

»Hrmpf«, machte Agathe, der das gar nicht passte.

Dann, seitlich hingequetscht auf der äußersten Kante seines eigenen Bettes, zog Leo die Decke ein kleines Stück zu sich, denn durch das Fenster wehte ein reichlich frisches Lüftchen herein. Sofort fuhr Agathe mit dem Kopf hoch, packte die Decke mit den Zähnen und zog sie wieder zu sich zurück.

»Hrmpf«, machte sie entschieden.

»Verd ...«, fluchte Leo. Er zog. Agathe zog zurück. Stur ging das eine Weile hin und her, bis sie mühsam zu einer Hälfte-Hälfte-Einigung kamen. So, schließlich, Rücken an Rücken, war es dann gar nicht mal ungemütlich.

»Na, schlaf gut und träum schön«, flüsterte Leo noch, hundemüde, doch seine Worte verhallten ungehört. Agathe schlief schon. Unüberhörbar.

»Chhhhrrrrrroooooaaaarrrrrrrktsch«, atmete sie ein und »püüüüüüüüüüüüüüüühhhhhfffff«, atmete sie wieder aus. Das Schwein schnarchte, es schnarchte zum Gotterbarmen.

Kapitel 2

Der Schulweg am nächsten Morgen war eine Tortur. Den Bus konnte Leo nicht nehmen, der war voll mit Mitschülern, also schleppte er sich zu Fuß und auf Schleichwegen dahin. Seine Lider waren schwer, seine Glieder wie Blei. Dazu war ihm gerade eingefallen, dass er vergessen hatte, etwas für die heutige Mathearbeit zu tun. Und dass er sich in Begleitung eines lebhaften Schweines befand, mit dem er nicht wusste, wohin, machte die Sache nicht besser.

Unterwegs sah er mitten auf der Straße einen überfahrenen Frosch am Asphalt kleben.

Du und ich, dachte er voll Anteilnahme, denn er fühlte sich genauso. Platt, einfach platt.

An Schlaf war kaum zu denken gewesen. Irgendwann musste er trotzdem eingenickt sein, denn sonst wäre er ja nicht im Morgengrauen ohne Decke, dafür aber mit klappernden Zähnen und einer beginnenden Grippe, aufgewacht.

Agathe war erst mal nicht mit aufgestanden. Im Grunde gut so.

»Du siehst ja schlimm aus«, hatte seine Mutter beim Frühstück zu ihm gesagt, »du musst dich erkältet haben.« Sein Vater murmelte etwas über »Leute, die ständig in zu dünnen Klamotten herumlaufen«.

»Schon als wir in der Nacht heimkamen, hast du dich schlimm angehört«, fuhr seine Mutter fort und kramte nach diesem absolut ekelhaften Hustensaft, den sie für eine Art Allheilmittel hielt.

Um ein Haar, und Leo hätte »Das war nicht ich« gesagt.

»Zuerst wollte ich dich wecken, doch dann habe ich mir gedacht, vielleicht ist es besser, wenn du dich gesund schläfst. Hier, Mund auf! So, und davon heute Mittag und heute Abend noch je einen Löffel, und du sollst mal sehen, wie das hilft! Das hilft gegen alles.«

Leo machte sich eine geistige Notiz, der Sau etwas von dem Zeugs zu verabreichen, vielleicht half es ja auch gegen Schnarchen. Immer vorausgesetzt, er hatte sie bis zum Abend nicht woanders untergebracht.

Sein Vater murmelte derweil etwas über den mangelnden Vitamingehalt von Pommes, Hamburgern und Schokoriegeln, und dass es deshalb kein Wunder sei …

Nachdem seine Eltern zur Arbeit gefahren waren, jagte Leo als Erstes Agathe aus dem Bett. Gemeinsam galoppierten sie die

Treppen hinunter und nach einem vorsichtigen Rundblick konnte Agathe sich im Gebüsch erleichtern. Zum Frühstück war sie mit Cornflakes, altem Brot und ein paar Möhren zufrieden. Alles war mit lautem Schmatzen und zufriedenem Brummen verputzt worden.

Dann hatten die Schwierigkeiten angefangen.

»Pass auf«, hatte er zu Agathe gesagt, die ihn neugierig anblickte. »Ich muss jetzt für fünf Stunden in die Schule. Du bleibst schön hier und benimmst dich, hörst du? Anschließend suchen wir dir ein wundervolles neues Heim. Also, bis später!« Und er hatte seinen Eastpack geschnappt und sich auf den Weg gemacht.

Auf halbem Weg die Treppe hinunter wurde er von einer mittelgroßen, rosarot und braun gestreiften Sau überholt.

Es war wohl der Gedanke an die Tür zum Kellerverschlag, der Leo in Rekordzeit die Treppen wieder hochjagte. Doch als er oben ankam, war alles in Ordnung, kein schweinegroßes Loch in der Wohnungstür. Agathe wusste nur offensichtlich ganz genau, wie man Türklinken bediente.

Sein Schimpfen schien nur wenig Eindruck auf Agathe zu machen, denn ihr Ringelschwanz drehte sich die ganze Zeit sehr munter.

Dann musste er sie eben einschließen. Zur Sicherheit drehte er den Schlüssel zwei Mal rum.

Er kam ganze zehn Schritte weit, bevor es rumste. Und zwar laut. Zwei Sekunden später noch mal. Und noch mal. Und diesmal knirschte es auch. So wie eine Tür knirscht, die kurz davor ist, Risse zu bekommen.

Mit fliegenden Fingern hatte er wieder aufgeschlossen und jetzt war er also mit einem Schwein an der Leine auf abgelegenen Wegen zu Fuß zur Schule unterwegs.

Sein Freund Kalle wartete an dem verabredeten Platz. Leo war froh, ihn noch angerufen zu haben. Mitten in dem kleinen Wäldchen neben der Schule stand Kalle jetzt und tat, was er immer tat, wenn er nachdachte oder einfach nur nichts Besonderes zu tun hatte: Er putzte seine Brille. Seine »Glasbausteine«, wie er sie spöttisch nannte. Kalle hatte eine furchtbar dicke Brille, denn er war total kurzsichtig. In der Klasse musste er deshalb ganz vorne sitzen, und selbst dann konnte er nicht immer alles erkennen, was an der Tafel stand.

Die Lehrer hatten seinen Eltern wiederholt geraten, ihn auf eine Schule für Kinder mit Sehschwäche zu schicken, doch die nächste Schule dieser Art war anderthalb Stunden Fahrzeit mit drei verschiedenen Straßen- und S-Bahnen entfernt und Kalle kannte da keine Menschenseele.

Sein Freund Leo, der in der Klasse neben ihm saß, hatte ganz hervorragende Augen. Wenn Kalle also wieder mal etwas nicht lesen konnte, wandte er sich leise und heimlich an ihn. Das klappte ganz gut, und seit sie das eingeführt hatten, war auch schon länger nicht mehr über eine Versetzung zur Sehbehindertenschule gesprochen worden.

Waren es bei Kalle die schwachen Augen, hatte Leo andere Seiten, bei denen es haperte. Mathematik, um nur ein Beispiel zu nennen. Oder Latein, jaja. Wenn Leo also wieder mal etwas nicht kapiert hatte oder bei einer Klassenarbeit hilflos über einem leeren Blatt brütete, wandte er sich heimlich und leise an Kalle. Das klappte so gut, dass schon länger nicht mehr über eine Versetzung zur Realschule gesprochen worden war.

Leo hatte Kalle am Telefon nur gesagt: »Ich hab da ein Problem.« Mehr nicht. Als Kalle ihn näher kommen hörte, setzte er seine Brille auf, sah Leo, nickte zur Begrüßung, stutzte, sah hinunter, sah Agathe, sah wieder zu Leo und sagte: »Ich verstehe, was du gemeint hast.«

Leise grunzend und dezent schmatzend beschnüffelte Agathe die beiden an einen Baum gelehnten Schultaschen. Da waren Brote drin, wusste ihre Nase. Ungeliebte Brote, sagte ihr eine feine Ahnung. Doch die beiden Jungen unterhielten sich ernst und konzentriert und machten keine Anstalten, etwas rauszurücken, also schnüffelte sie ein wenig anderswo herum, ließ die Schultaschen aber nicht aus den Augen.

»Ich hab keine Ahnung, was ich jetzt machen soll«, klagte Leo, nachdem er Kalle kurz und knapp in die Vorgeschichte eingeweiht hatte. »Wenn ich bei der Mathearbeit blau mache, krieg ich zu Hause einen Höllenärger.«

Kalle hielt die Brille ins Licht und putzte sie mechanisch mit einem Hemdzipfel. Er dachte nach.

»Angenommen«, meinte er mit gerunzelten Brauen, »ich rechne als Allererstes die beiden einfachsten Aufgaben und lasse sie dir … zukommen. Das müsste für eine Vier reichen und dürfte somit kein Misstrauen erregen.«

Das stimmte. Eine ehrlich erworbene Eins, wusste Leo, hätte ihm kein Mensch abgekauft.

»Damit könnten wir in einer knappen Stunde fertig sein«, fuhr Kalle fort, setzte die Brille wieder auf und sah Agathe prüfend an. »Meinst du nicht, für ein Stündchen oder so ließe sie sich an einen Baum binden? Hier im Wald?«

Eine Stunde war ja nicht lang. Das könnte, ach was, das *musste* einfach klappen. Kurzentschlossen knotete Leo die Leine an einen jungen Baum. Agathe hörte auf herumzuschnüffeln. Ihr Schwanz hing schlapp, genauso ihre Ohren. Sie sah Leo genau auf die Finger, und als er den Verschluss einklinkte, machte sie »Hrmpf«. Auf eine skeptische Art.

Die Jungen ermahnten sie noch, Geduld zu haben, brav zu sein, sie wären ja bald zurück und anders ginge es nun mal beim besten Willen nicht. Und während sie so redeten, nahmen sie ihre Schultaschen auf und entfernten sich langsam.

Nahmen ihre Schultaschen auf, mit den Broten drin, zogen davon und ließen sie, eine zarte, wehrlose Sau in der Blüte ihrer Jahre, allein mitten im Wald zurück. Allein, an einen Baum gefesselt und schutzlos den wilden Tieren ausgeliefert. Schutzlos und einsam und obendrein, ohne ihr auch nur eines, ein einziges von den leckeren Schulbroten dagelassen zu haben.

Wer die Gelegenheit hat, ein tibetanisches Kleinschwein sorgfältig von allen Seiten zu betrachten, wird feststellen, dass diese Tiere, ähnlich wie ihre gewöhnlichen Artgenossen, keinen richtigen Hals haben. Der Rumpf geht einfach so in den Kopf über, ohne ausgeprägte Engstelle. Und ohne eine solche Engstelle ist man – auch wenn es sich seltsam anhört – beim Anleinen von Schweinen in gewisser Weise auf deren Einverständnis angewiesen.

Agathe war nicht einverstanden. Kein bisschen. Probeweise ruckte sie an der Leine. Die Leine gab nicht nach. Sie ruckte fester. Auch der Baum gab nicht nach. Natürlich hätte sie die Leine jederzeit durchbeißen können, doch dazu gab es gar keinen Grund. Agathe drehte sich um, senkte den Kopf und ging langsam und vorsichtig ein paar Schritte rückwärts.

»Frag mal Pascal«, sagte Kalle zu Leo, während sie sich ihren Weg durchs Gebüsch bahnten. »Der kennt doch diese Motorradtypen, die bei ihm in der Nachbarschaft wohnen. Die haben einen großen Garten und ganz in Ordnung sind die, glaube ich, auch.«

Da war was dran. Leo kannte sie ebenfalls, allerdings nur flüchtig. Sie nannten sich »The Flying Zucchini Brothers« und waren normalerweise für jeden Unsinn zu haben. Er war bei denen mal auf einer Grillparty gewesen. Doch als er daran zurückdachte, wurde ihm plötzlich mulmig: Es hatte, unter anderem, Spanferkel gegeben ...

Sie wechselten das Thema. Einzelheiten der bevorstehenden Mathearbeit mussten festgelegt werden. Das erforderte ein gründliches Durchwühlen der Trickkiste. Und so waren sie zwar noch in dem Wäldchen, aber doch schon fast an der Schule angelangt, als ihnen auffiel, dass sie nicht länger allein waren. Sie wurden verfolgt. Und als sie anhielten und sich umdrehten, stoppte ihre Verfolgerin ebenfalls, setzte sich auf den Hintern, warf die großen Ohren nach hinten und sah aus hellbraunen Augen verschmitzt zu ihnen hoch. Unaufdringlich ließ sie ihren Blick dann zu den Schultaschen wandern und schmatzte einmal kurz und erwartungsvoll mit den Lippen. Weder Halsband noch Leine waren irgendwo zu sehen.

Und jetzt? Die beiden Jungen sahen sich an. Sie wechselten knappe, abgehackte Sätze. Binnen kürzester Zeit nahm ein vollkommen verrückter Plan Gestalt an. Ein Blick auf die Uhr: Noch zwanzig Minuten bis zum Unterrichtsbeginn. Es könnte so eben klappen.

Sie trennten sich, und Kalle hastete los, um Pascal einzuweihen. Pascal Schneider war ein schmaler, schüchterner Junge und gleichzeitig der wildeste Skater der Stadt. Man muss schon recht wild sein, um alle paar Tage mit einem neuen Pflaster, Verband oder Gips anzukommen, ohne anschließend auch nur einen Deut weniger riskant weiterzufahren. Und Pascal war wahrscheinlich der Einzige, dem man bei solch einem durch und durch wahnsinnigen Vorhaben vertrauen konnte. Außerdem kam er morgens mit dem Bus zur Schule und war aus Fahrplangründen immer schon eine halbe Stunde zu früh da.

Leo kroch derweil mit Agathe durch das Unterholz. Vorsichtig näherte er sich der Schule von der Rückseite, bis er im Gebüsch unterhalb ihres Klassenraums angekommen war. Jedes Geräusch vermeidend, kauerte er sich hin und wartete. Bis zum Schulhof war es relativ weit, denn das Klassenzimmer befand sich in der »Baracke«, wie die Schüler das nannten, was für die

Schulleitung der »Naturwissenschaftliche Pavillon« war. Es handelte sich um ein hässliches einstöckiges Gebäude, auf dessen Flachdach nach jedem größeren Regen die Dachdecker herumtrampelten, weil es überall hereinleckte. In Zeiten hoher Schülerzahlen war es hastig aus dem Boden gestampft worden, und weil es im Hauptgebäude an Räumen für Physik und Chemie mangelte, waren in allen Klassenzimmern der »Baracke« Reihen von Spülbecken mit Wasser- und Gasanschlüssen installiert worden. Daher der Zusatz »naturwissenschaftlich«.

Die Spülbecken waren gekachelt und nahmen die ganze Längswand gegenüber der Fensterfront in Anspruch. Das war in allen Zimmern gleich. Ebenfalls gleich waren die Schränke mit Schie-

betüren, die sich unter den Spülbecken befanden. Und jetzt kam der Clou: Abgesehen von dem bisschen Krimskrams, der sich immer ansammelt, waren die Schränke unter den Spülbecken leer.

Leo sah zum dritten Mal auf die Uhr, als ein atemloser Kalle zu ihm stieß und gleichzeitig über ihren Köpfen ein großer Fensterflügel aufschwang.

»Alles klar«, rief Pascal mit gedämpfter Stimme. »Es ist noch keiner da und ich habe einen Stuhl unter die Klinke geklemmt.« Kalle und Leo sahen sich an. Dies war ihre letzte Chance, den Plan noch abzublasen. Danach gab es kein Zurück mehr.

»Los«, entschied Leo, auf dessen Kappe das alles ja letzten Endes ging.

Agathe war ebenso überrascht wie empört, als die beiden Jungen sie plötzlich packten und in die Höhe wuchteten. Mit lautem Quieken machte sie ihrem Ärger Luft. Oben wurde sie von einem Dritten in Empfang genommen, der beruhigende Geräusche von sich gab, und dann war sie auch schon durch das Fenster und runter auf dem glatten Fußboden des Klassenzimmers.

»Hrmpf«, machte sie. All das passte ihr überhaupt nicht in den Kram. Sie schaute sich um. Dieses Zimmer war total ungemütlich. Wie es auf den ersten Blick aussah, gab es hier nicht ein einziges Bett. Und auf den zweiten Blick noch nicht mal einen Treteimer.

Pascal nahm die Schultaschen entgegen und half dann den beiden andern hoch.

»Was nun?«, fragte er. Alle drei waren ein wenig außer Atem und lauschten angestrengt. Hatte jemand das Quieken gehört?

Alles blieb ruhig. Ein Blick auf die Uhr. In sieben Minuten begann der Unterricht. Leo war schon neben seinem Platz auf den Knien, hatte die Schiebetür offen und spähte in das Schränkchen. Leer. Ideal. Jetzt schnell her mit dem Schwein.

Auch Agathe riskierte einen Blick in den Schrank. Dann machte sie sich steif. Nicht mit ihr! Nicht schon wieder so eine enge, düstere, ungepolsterte Kiste.

Leo versuchte, sie gegen ihren Willen hineinzuschieben und kam damit nicht wirklich weiter, da fasste Kalle ihn an der Schulter. Er raunte ihnen zu, einen Moment zu warten, und sprang zur Tür. Nahm den Stuhl unter der Klinke weg, öffnete und spähte auf den Gang hinaus. Da hatte doch seit Wochen eine alte Felljacke gehangen, die niemand zu vermissen schien. Die Jacke war noch da. Kalle griff blitzschnell zu und eilte zurück. Pascal postierte sich an der Tür.

»Hier«, sagte Kalle. »Das wird ihr gefallen.« Leo kroch eigenhändig in das Schränkchen, um die Jacke auszubreiten. Verdammt, das war richtig kuschelig. Für eine Sekunde bettete er sein müdes Haupt und wäre am liebsten liegen geblieben.

Aha. Schon besser. Schon *viel* besser. Agathe probierte das Lager. Weich, warm, bequem. Das könnte gehen. Nur die Verpflegung ließ weiter auf sich warten. Wenn da nicht bald etwas geschah, würde sie sich mal deutlich zu Wort melden müssen.

Das Einzige, was Leo jetzt noch Kopfzerbrechen machte, war der breite Gang zwischen den Tischen und den Spülschränken. Das Schwein war im Schrank, auf Höhe seines Stuhls, ganz wunderbar. Bloß kam er nicht dran, ohne aufzustehen. Und was, wenn Agathe anfing, sich zu regen? Zu schnarchen? Nicht auszudenken! Zusammen schoben sie Leos und Kalles Tisch bis ans Spülbecken. Jetzt standen alle Tische schön ordentlich in zwei Reihen aufgeteilt hintereinander, nur ihrer nicht. Es sah bekloppt aus.

Draußen auf dem Gang hörte man eiliges Getrappel und Pascal warnte von der Tür her: »Sie kommen!«, als Leo und Kalle sich schwer atmend auf ihre Stühle fallen ließen. Die letzten zwei Minuten waren fieberhafte Schwerstarbeit gewesen.

Die anderen Schüler stutzten zwar beim Reinkommen, und es gab verwundertes Gemurmel, doch dann verteilten sie sich rasch auf ihre Plätze. Die heutige Klassenarbeit wurde von Oberstudienrat Knorr beaufsichtigt, schlicht und einfach »der Knorr« genannt, und mit dem war nicht zu spaßen.

»Wer hat die ganzen Tische verschoben?« Knorr ließ einen bohrenden Blick über die Klasse streifen. Er hatte diesen Blick, dem nichts entgeht. Wann immer etwas angestellt worden war, besah er sich die Köpfe in der letzten Reihe zuerst. Seine Berufserfahrung hatte ihn gelehrt, dass in neun von zehn Fällen der oder die Schuldigen ganz hinten zu finden waren. Doch wohin er heute auch blickte, er fand nichts als Achselzucken und ehrlich wirkende Ahnungslosigkeit. Nur der Vollständigkeit halber musterte er auch die erste Reihe, am Fenster anfangend ...

»Ich habe gefragt: Wer hat die Tische umgestellt?« Als Einziger war ihm bis dahin Pascal Schneider aufgefallen. Der sah eine Spur zu unschuldig drein. Knorrs Blick wanderte weiter.

Leo konnte spüren, wie der Schweiß vom Tischerücken frischen Nachschub bekam. Nur noch Sekunden, dann würde der Knorr ihn anstarren und Leo wusste, dass ihm seine Nervosität ins Gesicht geschrieben stand.

»Wahrscheinlich das Reinigungspersonal«, mutmaßte Kalle mit erstaunlicher Ruhe.

Der Knorr schnaubte, schien die Erklärung aber zu schlucken.

»Sollen wir die Tische wieder zurechtrücken, Herr Oberstudienrat?«, bot sich Thomas Heselmann in gewohntem Übereifer an.

Thomas würde heute nach der Schule einiges zu pumpen haben an seinem Mountainbike, so viel wusste Leo jetzt schon.

Knorr sah die Vorfreude in den Gesichtern seiner Schüler, und ihm schwante, das Tische- und Stühlerücken würde zehn Minuten dauern, mindestens. Mit einem Kopfschütteln entschied er sich dagegen. Routiniert gab er stattdessen seine Anweisungen zur Vorbereitung der Mathematikarbeit.

Leo gönnte sich ein kurzes, heftiges Durchatmen.

Alles Getuschel verstummte. Die Schüler holten ihre Blätter und ihre Stifte heraus. Stühle wurden zurechtgerückt, Schultaschen verstaut, Ärmel aufgekrempelt, das Schwein geweckt.

Ja, Tatsache. Leo hatte noch nicht mal Zeit gehabt auszuatmen, da war aus dem Spalt, den er zur Belüftung offen gelassen hatte, das von letzter Nacht noch allzu vertraute »Chhhhrrrr…« gedrungen. Er musste blitzschnell in den Schrank greifen und Agathe den Rüssel zuhalten. Mit einem Niesen war sie erwacht.

»Gesundheit«, meinte der Knorr mechanisch in Leos Richtung.

Er hatte seine Unterlagen in der einen, ein Stück Kreide in der anderen Hand und war im Begriff, die erste von sechs Aufgaben an die Tafel zu schreiben. Die Schweißtröpfchen auf Leos Kopfhaut wuchsen zu Tropfen an. Er konnte unmöglich zwei Stunden lang mit links Zahlen zu Papier bringen und gleichzeitig mit rechts einem Schwein die Schnauze zuhalten. Wenn er Agathe nur irgendwie am Schnarchen hindern könnte ... Da fiel ihm etwas ein. Hastig durchwühlte er seinen Eastpack, bekam die Flasche zu fassen und zog sie raus: Dr. Dillmann's Hustensyrup. Garantiert wirksam. Für und gegen alles, wenn man Leos Mutter glaubte. Leo schraubte den Verschluss ab und hielt das Fläschchen in die Schranköffnung. Gott sei Dank saß direkt hinter ihm nur Pascal. Der schirmte ihn einigermaßen gegen die Blicke der anderen Mitschüler ab. Er konnte spüren, wie Agathe am Flaschenhals schnüffelte, leckte und schließlich mit einem zufriedenen kleinen »Hrmpf« zu schlucken begann.

Knorr war mit der ersten Aufgabe an der Tafel fertig und sah sich prüfend um. Leos Hand zuckte zurück und er ließ die Hustensaftflasche in seinen Rucksack fallen. Sie war, fiel ihm auf, komplett leer.

Das alle schwierigen Prüfungen begleitende, etwas beklommene Schweigen begann sich über den Raum zu legen. Auch im Schrank herrschte Ruhe. Sollte der Saft tatsächlich wirken?

Die Kreide quietschte ein wenig auf der Tafel, Papier raschelte, irgendjemand räusperte sich, draußen brummte ein Flugzeug vorbei. Ansonsten Totenstille. Bis auf ein plötzliches »Hucks!«

aus dem Schrank, gefolgt von einem kleinen Schnaufer. Ein winziges Rinnsal aus Schweiß bahnte sich seinen Weg durch Leos Nackenhaare. Was um alles in der Welt hatte das jetzt zu bedeuten? Kalle links von ihm schrieb und rechnete konzentriert und tat, als hätte er nichts gehört. Am besten, Leo tat das Gleiche. Wo, fragte er sich, sind die lärmenden Dachdecker, wenn man sie braucht?

»Hucks!«, kam es aus dem Schrank. In der Klasse wurde es unruhig. Knorr sah mit gerunzelten Brauen zu ihm herüber.

Auch Kalle sah ihn prüfend an. »Was Schlechtes gegessen?«, fragte er laut.

Leo hielt sich schnell die Hand vor den Mund und nickte mit gesenktem Kopf. Die allgemeine Aufmerksamkeit wandte sich wieder den Aufgaben zu. Knorr vollendete gerade die letzte Zahlenreihe und den Schülern rauchten die Köpfe. Leo war bis dahin kaum zum Abschreiben der Aufgaben gekommen, geschweige denn zum Rechnen. Kalle und er würden gewaltig tricksen müssen ...

»Hucks!«, machte es im Schrank und dann noch »Hrmpf«. Die Sau hatte Schluckauf, so viel wurde langsam klar, und es fing obendrein an, sie zu nerven.

»Vielleicht solltest du einen Moment die Luft anhalten, Leopold«, riet ihm der Knorr. Noch hatte also keiner etwas gemerkt. Luft anhalten – klasse Idee. Oder einen Löffel Zucker verabreichen. Oder, wenn beides nicht ging wie in diesem Fall, vielleicht überhaupt etwas essen. Bei Menschen half das. Manchmal.

»Hucks!« Alle sahen ihn an, er spürte es.

»Werd mal was essen«, sagte er mit gespielter Leichtigkeit und machte eine ziemliche Schau daraus, seine Brote auszupacken.

Brote! Agathe sprang im Schrank auf die Hufe, und Leo musste gewaltig mit dem Stuhl rücken, um das Geräusch zu übertönen. Feucht und vernehmlich schnorchelnd streckte sie den Rüssel in den Türspalt, und Leo musste im Handumdrehen ein Tempotuch aus der Tasche zaubern und so tun, als ob er sich die Nase putzte. Hastig biss er einmal in sein Frühstücksbrot und ließ den Rest dann möglichst unauffällig unterm Tisch und in Agathes wartender Schnauze verschwinden. Sie machte »Hucks!«

und »Haps!« gleichzeitig, matschte den Happen geräuschvoll durch, und damit alle dachten, das wäre er, drehte Leo sich, mit weit offenem Mund kauend, einmal nach allen Seiten, dämlich grinsend dabei, als hielte er das für einen tollen Scherz.

Gleichzeitig musste er gegen das Gefühl ankämpfen, jeden Augenblick den Verstand zu verlieren.

»Brruuaarröörrks!« Agathe hatte ihr Brot intus und einen behaglichen Rülpser vom Stapel gelassen. Jetzt starrten ihn wirklich alle an, bis zum letzten Mann, und Raunen und Gewisper machten sich breit. Leo schoss die Röte ins Gesicht, und der Schweiß brach ihm aus, in Mengen, überall.

»Hucks!«, kam es aus dem Schrank, und er hüpfte einmal kurz im Stuhl, als ob er das gewesen wäre, aber Huckser und Hüpfer waren nicht synchron, und das Gewisper in der Klasse schwoll an, und Knorr stand schon über ihm, mit fürchterlicher Miene, und gerade da rülpste Agathe zum zweiten Mal und – es war aus.

Leo saß draußen auf dem Schulhof auf einer Bank, mit einem seltsamerweise vollkommen geräuschlos schlafenden Schwein zu seinen Füßen, und ließ die schlimmsten zwanzig Minuten seines Lebens noch einmal vor seinem geistigen Auge ablaufen.

Gott, was hatte die Klasse gejohlt, geschrien, mit den Füßen getrampelt, als Agathe aus dem Schrank gehopst kam! Gott, was war der Knorr blass geworden um die Nase! So etwas hatte er in zwanzig Jahren Schuldienst noch nie erlebt. Ein Schwein in der Klasse!

Agathe hatte, von allem unbeeindruckt, kurz an den Schuhen

des Lehrers geschnüffelt und war dann, einem besseren Geruch folgend, schnurstracks zu Thomas Heselmanns offen stehender Schultasche gerannt und hatte ihm, unter dem hysterischen Gekreische der ganzen Klasse, im Handumdrehen sämtliche Brote weggefressen.

Dann hatte der Knorr sie zum Direktor geschickt. Für Leo ein wahr gewordener Albtraum, für Agathe ein überaus lustiger Ausflug. Sie war hucksend über die Flure geschlittert, durch die Türen gebolzt, war dem Direktor zur Begrüßung am Bein hochgesprungen und hatte sich anschließend ungefragt in seinen cool und beiläufig umgeschmissenen Treteimer vertieft. Bis auf einen halb aufgegessenen Apfel war nur Papier drin gewesen, was sie mit einem enttäuschten »Hrmpf« quittierte.

Viel hätte nicht gefehlt und der Direktor wäre geplatzt.

Hatte er, Leopold Ohlig, vielleicht allen Ernstes geglaubt, damit durchzukommen, ein lebendes Schwein in den Unterrichtsraum zu schmuggeln?

Nein, natürlich nicht. Also erzählte Leo alles, so wie es sich zugetragen hatte, bis auf die Beteiligung von Kalle und Pascal, was sich von selbst versteht.

Ganz, ganz allmählich erlangte der Direktor wieder seine normale Gesichtsfarbe zurück. Es war also kein übler Scherz gewesen? Mehr oder weniger eine Notlage? Hm. Das Schwein hatte sich von selbst im Wald befreit und war ihm in die Schule gefolgt? Hm, hm, hm. Und diese Geschichte stimmte wirklich? Hätte er sich nicht trotzdem denken können, dass so etwas auffallen musste? Und was für Konsequenzen das jetzt haben würde?

Ja, hätte er. Hinterher ist man immer schlauer. Trübsinnig saß Leo da und wartete auf Kalle und Pascal. Er selbst war für heute vom Unterricht befreit. Von der Schule fliegen würde er zwar nicht, das hatte der Direktor beim Abschied durchblicken lassen, aber einen »blauen Brief« würde es auf alle Fälle geben. So viel war sicher. Damit würden also Leos Eltern endgültig von dem Schwein erfahren. Und Leos Vater würde ausrasten und toben und einen Riesenkrach mit Onkel Ernst anfangen. Und er, Leo, würde seinen Onkel für Wochen nicht besuchen dürfen, wie immer, wenn Ernst und sein Vater Krach hatten. Mann, was war das alles vertrackt!

Kalle nahm die Dinge nicht so tragisch.

»Passiert ist passiert«, meinte er und hockte sich neben seinen Freund. »Natürlich werden deine Eltern ausrasten«, fuhr er fort. »Doch wenn du dich geschickt genug als Opfer tragischer Umstände darstellst, wird es halb so wild werden, glaub mir.« Damit beugte er sich vor und kraulte Agathe den Nacken.

»Opfer tragischer Umstände« hörte sich gut an. Leos Laune hellte sich ein wenig auf.

»Wogegen wir leider völlig machtlos sind«, brachte ihm Kalle dann aber den nächsten Dämpfer bei, »ist der Spitzname, den man dir wegen dieser Aktion verpassen wird. Der wird deine Chancen bei den Mädels nicht unbedingt verbessern, fürchte ich.«

Leo war nicht in der Stimmung zu fragen, ob der Spitzname schon die Runde machte, und auch nicht, wie er lautete.

»Schweine-Leo« stand zu befürchten.

»Hey, da ist er ja«, freute sich Pascal und setzte sich zu ihnen, »unser Schweinepriester!« Und er boxte Leo freundschaftlich auf den Arm.

Oder »Schweinepriester«, dachte Leo bitter. Für einen Moment erwog er, die Schule zu wechseln, die Stadt, die Identität. Er konnte es drehen und wenden, wie er wollte, aber sein Leben hatte eine dramatische Wendung zum Mieseren genommen. Seine einzige Chance, die Dinge halbwegs glatt zu bügeln, war, Agathe schnell irgendwo unterzubringen, und zwar so lange, bis sein Onkel von seinem Job auf der Fähre zurückkam. Spätestens in zwei Wochen, wie er geschrieben hatte. Wobei Onkel Ernst mit Zeitangaben ziemlich lässig umging. Einmal hatte er sich

»nur für ein halbes Stündchen« Vaters alten Ford ausgeliehen … Das war auch so ein Riesenkrach gewesen, damals. Und trotzdem: Soviel Leo wusste, fuhr Onkel Ernst den Ford noch heute.

Sie zogen los. Drei Jungen und ein Schwein. Erst in das Wäldchen, wo die blaue Leine immer noch einen Baum am Weglaufen hinderte, dann zur Straßenbahnhaltestelle, denn sie wollten zum Fridtjof-Nansen-Weg und der lag draußen in Bleisingen, dem südlichen Vorort der Stadt. Pascal wohnte da, und ein paar hundert Meter weiter hausten auch die Flying Zucchini Brothers, Leos ganze Hoffnung.

Pascal war optimistisch. »Die sind voll in Ordnung«, versicherte er. »Die nehmen dein Schwein bestimmt für ein paar Tage bei sich auf. Vorausgesetzt, sie haben nichts anderes vor, und vorausgesetzt, natürlich, Agathe verträgt sich mit Digger.«

Digger … Leo schluckte. Irgendwie hatte er es geschafft, die Existenz dieser riesigen, schwarz gefleckten Dogge von minderer Intelligenz aus seinem Bewusstsein zu verdrängen. Jetzt kam sie mit Macht zurück. Diggers liebstes Hobby war das Vergraben, das Wieder-Ausbuddeln und das genüssliche Zerkauen von Knochen. Rinder- und, tja, Schweineknochen, stand zu vermuten, und wie Leo so an die riesigen Zähne der Dogge dachte und die fürchterliche Kraft dieses Gebisses, fiel ihm auch wieder die Vorliebe der Zucchini Brothers für Spanferkel ein, und er fragte sich, ob er nicht dabei war, Agathe dem sicheren Tod auszuliefern.

Kapitel 3

Es war eine Dreiviertelstunde später, aber noch nicht ganz Mittag, als sie am Fridtjof-Nansen-Weg ankamen. Die Sonne schielte ab und zu durch die Wolken, ein beinahe warmes Lüftchen wehte und so etwas wie eine Vorahnung von Oster- und Ferienstimmung machte sich unter ihnen breit.

Zu dritt lugten sie über den Zaun vom Grundstück der Flying Zucchinis. Bis auf das übliche, sorglos überall verstreute, teils rostende, teils schimmelnde, teils sonstwie modernde Gerümpel war nichts und niemand zu sehen.

»Lasst uns reingehen«, sagte Pascal, der hier so gut wie zu Hause war, und hielt das Tor einen Spalt weit auf. »Wir schauen mal nach, ob jemand daheim ist. Gut möglich, dass noch alles pennt. Na, kommt schon!«

Leo und Kalle folgten, wenn auch mit etwas gemischten Gefühlen. Sicher, die Zucchinis hatten nichts dagegen, wenn man sie besuchen kam. Und Pascal hatte Digger wirklich gut im Griff. Und doch – es war auch für ihn immer wieder ein leicht ungemütliches Unterfangen, das Grundstück zu betreten, ohne zu wissen, wo sich der riesige Hund aufhielt. Digger hatte nämlich die unglückselige Angewohnheit, sobald man ihn aus dem Schlaf schreckte, erst mal spontan und herzhaft zuzubeißen und dann erst zu schauen, wen er da erwischt hatte. Meistens tat es ihm im Nachhinein furchtbar Leid, doch das machte es für den Gebissenen nur wenig angenehmer.

Vorsichtig gingen sie die Auffahrt hoch. Digger konnte praktisch überall stecken. Wollte man prekäre Situationen vermeiden, war es das Beste, ihn zuerst zu sehen und ihn dann sofort mit ruhiger Stimme darüber aufzuklären, wer da zu Besuch kam. Nämlich ein »Freund«. Hatte man das erledigt, konnte man sich getrost entspannen. Digger war im Grunde genommen eine Seele von einem Hund. Eben darum war es ihm ja auch nachher immer so unangenehm, wenn er wieder mal einem Freund seine Zähne ins Fleisch gegraben hatte.

Die drei schlichen leise und nach allen Richtungen Ausschau haltend weiter, eine langsam, aber sicher immer misstrauischer schnüffelnde Agathe an ihrer Seite.

Was ihr da in die feine Nase stieg, gefiel ihr gar nicht. Hier, auf diesem Grundstück, hatte ein Hund jede Menge Duftmarken gesetzt, die eine deutliche Sprache sprachen. Sie sagten: »Mein!« Ein großer Hund obendrein. Die Borsten in Agathes Nacken stellten sich ein bisschen auf. Ihre hellwachen Augen eilten hin und her. Mit großen Hunden hatte sie so ihre Erfahrungen.

Die drei Motorräder standen im Schuppen, aber der VW-Transporter war nicht da. Was immer das heißen mochte. Vielleicht war einer einkaufen gefahren. Pascal spähte durchs Küchenfenster. Niemand zu sehen. Auch kein Digger. Vielleicht war er mit einkaufen. Doch nein.

Ausgerechnet der kurzsichtige Kalle war es, der Digger fand. Entdeckte? Aufspürte? Ausfindig machte? Nicht ganz leicht, hier das richtige Wort zu finden. Denn letzten Endes waren es nicht seine Augen, mit denen er den Hund aufstöberte, sondern einer seiner, ähem, Füße.

Anders ausgedrückt: Kalle kam lautlos um die hintere Hausecke geschlichen, sah sich vorsichtig um, machte einen weiteren Schritt und latschte dem unter einer Gartenbank friedlich schlafenden Digger voll auf den Schwanz.

Grell und empört jaulte Digger auf. Mit wütend gebleckten Zähnen fuhr er hoch. Und mit einem fürchterlichen, knirschenden Krachen, begleitet von einem scharfen Klacken seines zuschlagenden Gebisses, stieß er sich unter der Holzbank mordsmäßig die Runkel.

Hossa! Was war denn das gewesen? Während Kalle mitten in der Bewegung zur Skulptur erstarrt war, musste sich der Hund erst mal kurz aufsetzen. Schwindelig. Mit Kopfschütteln versuchte er, ein vorher nicht da gewesenes Schielen unter Kontrolle zu bekommen. Und als beide Augen wieder ungefähr in dieselbe Richtung zielten, musste er noch einen Moment lang verträumt den wunderhübschen Sternchen zusehen, die um ihn herumtanzten. Und schau an! Pascal war ja da und klopfte ihm auf die Rippen und diese beiden anderen netten Jungen, deren Namen er sich nicht merken konnte, auch. Schön, schön. Besuch zu haben ist ja immer fein, doch ihn mit einem Kick! auf den Schwanz und einem Whack! über den Schädel zu wecken, war eindeutig eine

Spur zu deftig ausgefallen. Auch wenn er als Resultat davon jetzt wach war wie selten zuvor.

Plötzlich zog ihm seine Nase den Kopf herum. Da war doch noch jemand? Außer den Jungen? Jemand Fremdes? Von ganz allein rollte ihm ein tiefes Knurren die Kehle hoch.

Agathe hockte auf den Stufen zur Haustür, die bei den Zucchinis direkt in die Küche führte. Abschätzend musterte sie die Klinke. Lass den Hund knurren, dachte sie. Vor großen Hunden wegzulaufen, ist der schlimmste Fehler, den man machen kann. Ignorier sie und du kannst ihnen ihre unsicheren, verwirrten Gedankengänge am dösigen Gesicht ablesen. Die Klinke war durch die Stufen davor ziemlich hoch, wenn auch wahrscheinlich nicht unerreichbar, und die Tür öffnete nach innen, was immer gut war. Huf auf die Klinke, Schulter gegen die Tür und rums!, drin ist man.

»Freund«, versuchte Pascal, Digger mit Agathe vertraut zu machen und mühte sich ab, die riesige Dogge am Halsband festzuhalten, »das ist ein Freund!«

Freund? Unwirsch riss Digger sich los. Das war kein Freund, das war ein Schwein. Ein fremdes noch dazu und das in seinem Garten! Schweinen schiebt man einen langen Spieß hinten rein, brutzelt sie am offenen Feuer und gibt die Knochen dem Hund; man freundet sich nicht mit ihnen an. Mit zwei langen Sätzen war er über dem Eindringling. Sein weit aufgerissenes Maul mit den scharfen Zähnen zielte auf den Nacken.

Agathe musste feststellen, dass sie einen Moment zu lange gezögert hatte. Just in dem Augenblick, als sie sich zur Türklinke hochstrecken wollte, kam die Dogge angesprungen, und alles Ignorieren dieser Welt nutzt nichts, hat so ein Vieh erst mal deinen Nacken gepackt. Da hilft nur noch eins.

Obwohl das Speckpölsterchen in ihrem Genick sie vor dem Schlimmsten schützte, quiekte Agathe in den schrillsten Tönen, als Digger zuschnappte, bevor sie mit Macht herumfuhr und ihm herzhaft ins Vorderbein biss.

Digger jaulte auf. Beide ließen einander schlagartig los und brachten einen knappen Meter zwischen sich.

Die Jungen kamen atemlos neben ihnen zum Stehen. Leo sah ein, dass es eine Schnapsidee gewesen war herzukommen. Seine Gedanken kreisten nur noch um einen möglichst unblutigen Rückzug. Unklar war, wie er eingreifen sollte.

Schwein und Hund lagen sich geduckt und sprungbereit gegenüber. Digger knurrte, wenn auch eine feine Tonlage vorsichtiger als vorher. Sein linkes Vorderbein fühlte sich an, als ob er es die nächsten drei Wochen in einer Schlinge um den Hals tragen müsste.

Agathe machte gar kein Geräusch, hatte aber ihre Lefzen so weit hochgezogen, dass man deutlich ihre unter dem netten Rüssel gar nicht vermuteten großen, gelben Hauer sehen konnte. Sie belauerte den Hund, der Hund belauerte sie. Das Knurren ließ nach. Agathe ließ ihre Lefzen sacken. Sie starrten einander weiterhin an, aber Digger legte sein sprungbereit aufgerichtetes Hinterteil etwas bequemer hin.

Ein wenig Zeit verstrich. Keiner der Anwesenden wagte es, sich zu rühren.

Agathe blinzelte kaum merklich. Dieses Starren war anstrengend. Und langweilig.

Digger unterdrückte ein Gähnen. Eigentlich würde er jetzt lieber buddeln gehen. Er probierte ein kleines, vorsichtiges Schwanzwedeln. Agathe legte ihren Kopf schräg und beäugte ihn mit neuem Interesse. Ihr Ringelschwanz vollführte eine kleine, zurückhaltende Umdrehung oder zwei.

Im nächsten Augenblick stoben sie Seite an Seite wie die Verrückten durch den Garten.

Drei oder vier Mal kamen sie bei ihren Runden ums Haus an den verdutzt dastehenden Jungen vorbei, mit atemberaubendem Tempo, wippenden Schweine- und flatternden Hundeohren, und dann sah und hörte man eine ganze Weile nichts mehr von ihnen.

Die drei Flying Zucchini Brothers waren nicht daheim, wie sich herausstellte.

»Sie werden schon wieder auftauchen«, vermutete Pascal, der mit ihren Gewohnheiten einigermaßen vetraut war. Bis dahin gab es nichts Rechtes zu tun, außer sich hinzuhocken und das heute Erlebte in Ruhe durchzukauen. Alle waren sich einig, dass Agathe ein tolles, schön gestreiftes, wehrhaftes, cleveres, verfressenes, irgendwie charmantes, sagenhaft schnelles, faszinierendes, unwiderstehliches, rundherum affenstarkes Schwein war. Trotzdem wollte keiner in Leos Haut stecken.

»Ich würde sie ja nehmen«, sagte Pascal, der mit seiner Mutter ein Haus mit kleinem Garten bewohnte, »aber meine Mutter hat irgendeine Allergie gegen Tiere.« Er zuckte bedauernd die Achseln.

Kalle sagte gar nichts. Brauchte er auch nicht. Er wohnte einen Block weiter als Leo, in der gleichen, haustierfeindlichen Siedlung. Obendrein im siebten Stock und mit vier kleineren Geschwistern auf engstem Raum. Auch er hätte sofort geholfen, doch unter diesen Umständen erübrigte sich jeder Kommentar.

Leo war erst mal erleichtert, dass Agathe sich nach kleinen Anlaufschwierigkeiten jetzt wohl doch mit Digger vertrug – andernfalls bräuchte er die Zucchinis gar nicht erst zu fragen.

Die beiden vertrugen sich doch, oder? Irgendwie waren Hund und Schwein schon eine verdächtig lange Zeit nicht mehr aufgetaucht.

Leo fand sie tief im Gebüsch, wo sie zu zweit eine Grabung kanaltunnelartigen Ausmaßes vorantrieben. Abwechselnd tauchten sie hinein in das Loch und ließen scharrend und wühlend den Lehm fliegen, bis sie wieder hochkommen und Luft schnappen mussten. In den Pausen beim Schichtwechsel blickten sie sich jedesmal kurz und hingerissen an.

War ihnen selbstverständlich zu gönnen, der Spaß. Wenn sie nur ihre Baustelle nicht ausgerechnet direkt an der Grenze zum Nachbargrundstück eröffnet hätten. Einer der Dr.-jur.-Julius-Steinbrecher'schen Zaunpfähle war schon regelrecht untergraben und begann sich auffällig zu neigen. Wer den »Brüllaffen«,

wie die Flying Zucchinis ihren Nachbarn getauft hatten, kannte, wusste, dass das Ärger geben würde. Pascal stieß zu ihnen und sah mit einem Blick, was los war.

»Aus!«, rief er. »Hört sofort auf mit diesem Unsinn!«

Er griff Digger am Halsband und spürte kurz die Versuchung, die Sau am Ringelschwanz zu ziehen, doch dann kam Kalle und packte sie an den Haxen.

Digger schien mehr verwundert als verärgert über diese Unterbrechung, doch Agathe machte ihrem Unwillen mit einem überdeutlichen, rauen »Hrrrmpf« Luft.

Dann spitzte Digger plötzlich die Ohren. Ein Auto mit ballerndem Auspuff kam den Fridtjof-Nansen-Weg herunter, und mit begeistertem Gebell raste der Hund zum Gartentor, um seine geliebte Rockerbande zu begrüßen. Die Jungen und die Sau rannten hinterher.

Mit quietschenden Reifen bog der graue, verbeulte VW-Pritschenwagen der Flying Zucchinis in die Grundstückseinfahrt, und Leo und Pascal schafften es gerade noch rechtzeitig, das Tor aufzureißen.

Knirschend kam der Transporter in einer Staubwolke zum Stehen und der Schrecken der ganzen Nachbarschaft schälte sich aus der Fahrerkabine.

»Schwarzrotgold« hatte irgendein Spötter die drei Flying Zucchini Brothers mal genannt, denn genau das waren ihre Haarfarben: Schwarz in Haar und Bart und Kleidung: der ewig finstere und wortkarge Schwatzbacke. Rot und kurz geschoren: Mars, derjenige unter den Zucchinis, mit dem man noch am ehesten ein vernünftiges Wort reden konnte, und Gold: Nuts natürlich, mit seinem Kopf voller güldener Locken und ebenso krauser wie goldiger Gedanken.

»Nein, Besuch!«, schrie Nuts mit hoher Stimme und geheuchelter Begeisterung, kaum dass er aus dem Wagen gesprungen war. »Wie lieb! Und wie groß ihr geworden seid!«

Mars musste sich derweil der Begrüßungsschlapper von Diggers Zunge erwehren, während Schwatzbacke bei offener Tür in der Fahrerkabine hockte und finster dreinblickte.

»Was führt euch her?«, fragte Mars, schob die Dogge von sich und machte sich daran, Einkäufe von der Ladefläche des Transporters zu heben.

»Also«, begann Leo, etwas unsicher, wie man so ist, als gerade mal Elfjähriger, der versucht, gleich drei ausgewachsene Kerle für seine Probleme zu interessieren. Vor allem, wenn einer davon einen unverrückbar düster anstarrt. »Also«, gab er sich einen Ruck, »die Sache ist die: Mein Onkel Ernst hat uns dieses Schwein hier geschickt, und wir dürfen keine Tiere halten, und bei Kalle und Pascal geht das auch nicht, also hab ich mir gedacht, wo ihr doch diesen großen Garten habt, ob ihr nicht vielleicht Lust hättet, ein paar Tage das Schwein bei euch aufzunehmen.« So, jetzt war's raus. Das Verunsichernde war, jetzt starrten ihn alle drei Zucchinis an. Irgendwie verständnislos. Hatte er sich nicht klar genug ausgedrückt?

»Schwein?«, fragte Mars schließlich.

»Was denn für'n Schwein?«, wollte Nuts gerne wissen.

Leo blickte sich hektisch um. Weder Hund noch Schwein waren zu sehen.

Das Tolle, das eigenartig Faszinierende am Buddeln ist, dass es nur darum geht: ums Buddeln. Und um nichts anderes. Das ist es, was die Zweibeiner nie kapieren werden. Man gräbt nicht *nach* etwas. Man gräbt um des Grabens willen. Und wenn man mit einem Hund – einem großen Hund obendrein – zusammen buddelt, dann gilt es, dem zu zeigen, wie man so was *richtig* macht. Da werden Rüssel und Hufe mit Energie eingesetzt. Da wird sich in die Erde gewühlt, dass dem staunenden Köter der Dreck nur so um die Ohren prasselt. Und wenn dabei ein blöder Zaunpfahl im Weg steht, dann muss der eben ...

»HERR KNUDSEN!!«, donnerte es vom Grundstückszaun herüber. Alle blickten in die Richtung. Rot wie ein reifer Apfel und doch irgendwie ungesund leuchtete Dr. Steinbrechers Kopf durch das Blattwerk.

»Na«, meinte Nuts leichthin, »der Brüllaffe ist heute ja mal wieder prächtig bei Stimme!«

Leo wurde es warm. Er ahnte etwas.

»HERR KNUDSEN!!! KOMMEN SIE SOFORT HIERHER UND HINDERN SIE DIESE HUNDE DARAN, WEITER MEINEN ZAUN ZU UNTERMINIEREN!!!«

Nuts setzte sich gemächlich in Bewegung. Er wirkte ungerührt bis milde besorgt.

»Hunde? Der Mann sieht doppelt«, raunte er. »Vielleicht sollte er die Flasche mal für eine Weile beiseite stellen.«

»HERR KNUDSEN!!! ...«

»Komme«, rief Nuts, »komme schon!« Und als sie näher an das Gebüsch herankamen, mit ruhiger werdendem Tonfall: »Na, was haben wir denn heute auf dem Herzen, Herr Doktor?«

»Ihre Hunde ...!«

»Wir haben nur einen Hund«, korrigierte ihn Nuts und tauchte ins Gebüsch. »Ah, ich sehe, was Sie meinen«, gab er dann zu, und bückte sich interessiert. »Und doch muss ich Ihnen in gewisser Weise widersprechen, Herr Doktor. Was uns da aus dem Erdloch entgegenragt, ist keinesfalls ein Hundehintern, sondern hat erstaunliche Ähnlichkeit mit dem beringelschwanzten rückwärtigen Ende eines – «

Zwei ordentliche Hufe voll Dreck flogen ihm ins Gesicht, und er brach ab, um ein bisschen zu spucken und an seinen Augen herumzuwischen. Leo ging schnell auf die Knie und zog die Sau aus dem Loch. Digger wollte sich direkt in die Öffnung stürzen, doch Nuts hatte ihn schon am Halsband.

»Ein Schwein!«, schrie der Nachbar empört.

»Ganz recht«, bestätigte Nuts trocken.

»Aber Sie können doch hier kein ...«

»Wetten, dass doch?«, unterbrach ihn Nuts kühl und wollte sich zum Gehen wenden.

»Und was ist mit meinem Zaun?«

»Ah.« Nuts packte den Zaunpfahl, rückte ihn gerade, schnippte mit dem Finger, und aus dem Nichts heraus tauchten Kalle und Pascal auf und halfen Leo dabei, das Loch mit den Füßen zuzuscharren und die Erde festzutreten.

»Es geht um artgerechte Haltung«, erklärte der Zucchini dabei seinem Nachbarn. »Manche Tiere haben das Bedürfnis zu wühlen, andere zu brüllen ...«

Doch da war Dr. Julius Steinbrecher schon längst mit hoch erhobener Nase unterwegs zu seinem Mittagessen.

Na gut. Genug gebuddelt für heute. Freundlich schnüffelnd machte sich Agathe mit den drei Flying Zucchinis bekannt. Wie gewöhnlich fing sie dabei mit den Füßen an. Die sind enorm aussagekräftig für eine Schweinenase. Bei Schwatzbacke angekommen, sah Agathe sich allerdings zu einem leichten »Hrmpf« genötigt. Die war mehr als nur kräftig, die Aussage, die den Stiefeln des Schwarzbarts da entströmte.

»Das mit dem Zaun tut mir Leid«, meinte Leo.

Doch Nuts winkte nur ab. »Der Brüllaffe hat jeden Tag etwas anderes«, meinte er. »Dem ist nicht zu helfen.«

Mars und Schwatzbacke brummten zustimmend. Leo bekam ein bisschen Hoffnung.

»Heißt das, Agathe kann ein paar Tage hier bleiben? Nur bis nach Ostern, dann finden wir bestimmt etwas anderes für sie.«

Die drei Biker dachten nach. Sie betrachteten das Schwein abwägend. Mit allen Anzeichen von wachsendem Interesse. Sie nickten, doch in ihren Mienen arbeitete es.

Nuts kniff die Augen zusammen. Etwas Lauerndes schlich sich in seine Züge.

Schwatzbacke schmatzte mit den Lippen. Er schluckte sichtlich an dem, was der Mediziner als »gesteigerten Speichelfluss« bezeichnet.

Mars hielt sein Kinn umfasst und schien mit seinen Überlegungen schon einen Schritt weiter zu sein: Sein Blick wanderte vom Schwein zum Schuppen, wo man im Hintergrund, flankiert von einem langen Spieß und einem großen Sack Holzkohle, den Grill stehen sehen konnte.

Keiner sprach, doch Leo wurde es trotzdem mulmig. Es war wohl doch keine gute Idee gewesen herzukommen. Bestimmt war es besser, er und Agathe verabschiedeten sich jetzt. Jetzt sofort.

Agathe teilte seine Ansicht. Dieser große, breite Blonde sah sie an, als sei sie eine Wildsau und die Jagdsaison gerade eben eröffnet. Und dieser große, dicke Schwarzbart betrachtete sie, als ob sie etwas Essbares sei. Und in den Augen des Rothaarigen sah sie sich mit gestrichelten Linien überzogen und mit Worten wie »Koteletts« und »Rumpsteaks« beschriftet; wie auf einer Schautafel im Metzgerladen. Vorsichtig machte sie ein paar kleine, unauffällige Schritte rückwärts.

»AUF SIE MIT GEBRÜLL!«, schrie Nuts.

Leo wollte etwas einwenden, doch die Zucchinis machten augenblicklich Ernst, sowohl was das »Auf sie« als auch, und vor allem, was das »Gebrüll« anging.

Agathe gab Gas. Agathe gab Stoff. Agathe gab Gummi. Kante. Fersengeld. Sie trat das Pedal, sie drehte am Griff, sie schaltete den Nachbrenner ein. Sie beschleunigte mit einem Satz aus dem Stand auf hundert und lief, als ginge es um ihr, tja, Leben. Schrill quiekend machte sie keinen Hehl daraus, was es für sie bedeutete, von einer Horde lauthals johlender Schweinekiller verfolgt zu werden. Dass Digger, der, völlig überrumpelt, nicht recht sicher war, wem die Aktion galt, neben ihr herrannte, war nur ein schwacher Trost. Sie wusste, wer gemeint war.

Auch Leo hatte das Entsetzen gepackt. Und Kalle und Pascal,

die er für seine besten Freunde gehalten hatte, machten auch noch mit bei der wilden Hatz! Doch er würde gleich einschreiten. Er würde nicht zulassen, dass Agathe auch nur eine Borste gekrümmt wurde. Wütend und irgendwie hilflos starrte er dem Tross hinterher, wartete das Ende der Jagd ab, entschlossen, alles zu tun, um das Schlimmste zu verhindern.

Agathe tat das ihre. So ein tibetanisches Kleinschwein ist verdammt gut zu Huf, echt flink auf den Haxen. Vor allem in den Kurven gewann sie regelmäßig an Boden. Und dazu schlug sie auch noch Haken wie ein Wildkaninchen. Digger kam schon bald nicht mehr mit. Keuchend hockte er sich neben Leo und ließ die anderen machen.

Wenn es nicht um ihre kostbare Schwarte gegangen wäre, Agathe hätte sich bombig amüsiert. Also, diese Barbaren verstanden ja rein gar nichts von der Schweinejagd! Anstatt auszuschwärmen und sie heimlich einzukreisen, rannten sie ihr alle Mann hoch in

einem wilden Haufen hinterher. Aus vollem Halse johlend. Folgten ihr blind, welchen Weg sie auch einschlug …

Durch den Schuppen. Vorne durch das große Tor rein, ein Sprung, ein Satz, ein Schlenker ums Gerümpel und hinten durch die Tür wieder raus. Scheppern, Krachen, wildes Fluchen hinter ihr ließ ahnen, dass ihre Verfolger Sprung, Satz und Schlenker nicht ganz so elegant hinbekommen hatten wie sie.

Mitten durchs Gebüsch. Zweige brachen oder peitschten den Nachfolgenden ins Gesicht. Mehr Flüche.

Unter dem Gartentisch durch. Zwei von den Großen schmissen sich doch tatsächlich auf den Bauch. Gleichzeitig. Das kostete den Tisch drei Beine.

Mit einem lang gestreckten Satz über den kleinen Teich. Der Junge mit der Brille schaffte es nicht. Entgeisterte Frösche sprangen nach allen Seiten, als er schäumend eintauchte.

Wie gesagt, es war die Arbeit von Amateuren. Zum Lachen. Umso überraschter war Agathe, als sie, zum x-ten Mal in wilder Schräglage um die Hausecke fegend, immer noch gut bei Luft und mit unaufhaltsam wachsendem Vorsprung, plötzlich und unerwartet mitten im Lauf gepackt und einfach so in die Luft gehievt wurde. Als wäre sie nichts als ein Ferkelchen.

Es war der große Dicke, der mit den pechschwarzen Haaren. Und er lachte finster, als er sie mit seinen mächtigen, schauerlich tätowierten Armen an seine breite Brust drückte. Agathe quiekte, was das Zeug hielt.

Alles lief zusammen. Alles keuchte und grölte atemlos durcheinander.

»Schmeißt den Grill an!«, schrie Nuts, geschüttelt von wildem Lachen.

Agathe quiekte und strampelte, und Leo wollte sich gerade in einem Akt der Verzweiflung auf Schwatzbacke stürzen, als der die Sau kurz auf Armlänge von sich weghielt, er grinsend, sie strampelnd, dann wieder zu sich ranzog und sie mit einem dicken Kuss auf die große, feuchte Steckdosennase zum Schweigen brachte. Dann ließ er sie runter.

Ruhe trat ein, nur getrübt durch ein wütendes »Ist denn bald mal Ruhe da drüben?« von Dr. Steinbrecher, der mit einer Suppenkelle fuchtelnd aus seinem offenen Esszimmerfenster lehnte. Keiner schenkte ihm auch nur einen Blick.

Agathe legte den Kopf schräg und sah prüfend zu Schwatzbacke hoch. Mörder, so viel ahnte sie, knutschen einen nicht erst. Schwatzbacke zwinkerte ihr zu.

So war das also. Agathe begann zu verstehen. Man wollte sie gar nicht wirklich zur Strecke bringen und anschließend rösten und vertilgen. Man hatte sich bloß einen kleinen Scherz erlaubt. Haha. Reizend. Wirklich, ihr fiel kein anderer Kommentar dazu ein als ein staubtrockenes »Hrmpf«.

Auch Leo begriff. Er musste sich setzen. So ganz allmählich fing die Geschichte an, über seine Kräfte zu gehen. Außerdem plagten ihn Gliederschmerzen und ein immer stärker werdendes Gefühl von Mattigkeit. Da bahnte sich eine fette Erkältung an. Na, wenigstens war Agathe nichts passiert. Nur ein wenig muffelig schien sie zu sein.

Muffelig? Muffelig war gar kein Ausdruck. Sie war sauer. Stinkend sauer. Und wenn Agathe einmal so richtig sauer war, gab es nichts und niemanden, der sie umstimmen konnte. Kein blöder Köter, der ihr erst nicht zu Hilfe gekommen war und jetzt die Ohren ablecken wollte – nein! Und für das ganze andere Gesocks galt: Finger weg! Diese Sau hier ist ein für alle Mal fertig mit Typen wie euch. Für immer und ewig. Da könnt ihr bitten, betteln, flehen – nichts wird ihre Haltung ändern. Gar nichts. Niemals.

Andererseits: Man darf auch nicht *zu* nachtragend sein. Die armen Idioten wussten es vielleicht nicht besser. Und dieser Schwarzbart, der hatte etwas an sich …

Die Sache ist die: Erwachsene Menschen haben fast alle einen ganz typischen Geruch, der einem klipp und klar sagt, woran man bei ihnen ist.

Erwachsene, wohlgemerkt. Die drei Jungs rochen dagegen fast gleich: Ein bisschen nach schmutzigen Gedanken und ein bisschen nach mangelnder Hygiene in fast allen entscheidenden Punkten.

Bei den Großen war das anders. Der Rothaarige, zum Beispiel, hatte einen Dunst von Schmieröl und Benzin um sich. Ein praktisch, ein technisch veranlagter Mensch. Und der Blonde, der immerzu grinste und dem allein deshalb nicht zu trauen war, der roch nach Bett. Nach Federbett und Matratze und nach vielen, vielen Stunden zwischen diesen beiden. Und nach schmutzigen Gedanken auch.

Doch der Schwarze, also, der duftete … (von den Füßen einmal abgesehen), der duftete … eindeutig nach Küche. Ein Mann, bei dem man gut beraten war, sorgfältig abzuwägen, ob man ihm für immer grollen sollte. Oder möglicherweise nur für ein Weilchen. So lange halt, bis er seine Lektion gelernt und begriffen hat, dass Schweine wie sie charakterfeste und stolze Wesen sind, die man nicht einfach so herumscheuchen darf. Oder halt so lange, bis der Mann die drei Stufen zur Küchentür hochgestiefelt ist, sich kurz umgedreht und ihr mit einem kleinen Wink zu verstehen gegeben hat, schleunigst hinterherzukommen.

Im Rennen um den ersten Platz schlug Agathe Digger, dem der Wink ebenfalls nicht entgangen war, um exakt eine Schweinelänge.

Kalle war triefend nass. Von Kopf bis Fuß. Er war noch nie gut im Weitsprung gewesen. Was damit zusammenhängen mochte, dass er noch nie gut im Abschätzen von Entfernungen war. Und das wiederum hatte zum Ergebnis, dass er beim Sprung über den Teich ein wenig zu früh gestartet und, logisch, auch ein wenig zu früh gelandet war. Mittendrin, um es kurz zu machen, und auf dem Hintern. Darum triefte er jetzt so.

Er und Pascal, der ja gleich um die Ecke wohnte, schoben ab, um ihm ein paar trockene Klamotten zusammenzusuchen.

Schwein, Hund und Schwatzbacke waren in der Küche verschwunden, somit blieben im Garten nur Nuts, Mars und ein matter Leo.

»Du hast doch nicht im Ernst geglaubt, dass wir die Sau schlachten wollten, oder?«, fragte Mars.

»Wieso, wollten wir etwa nicht?«, fragte ein verblüffter Nuts, noch ehe Leo antworten konnte. »Was glaubt ihr denn, was der Dicke gerade drinnen in der Küche anstellt?«

Drinnen, in der Küche, geschah Unaussprechliches: Ein magisches Licht erstrahlte, als sich die goldenen Pforten des Schweinehimmels mit majestätischer Langsamkeit öffneten. Der ganze Raum vibrierte nur so vor Wohlklang, als die beseligten Orchester anhoben, mit zarten Hufen über liebliche Saiten zu streichen und alle himmlischen Chöre gleichzeitig ihr Grunzen und Quieken erschallen ließen, in den süßesten Tönen, die die Welt je gehört hat.

Es gab nämlich ... Pizza!

Kalte Pizza vom Vortag, die, wie jeder Kenner bestätigen wird, fast noch besser ist als frische, heiße.

Hmmmhmmhmm. Es stimmt schon – man muss auch verzeihen können.

Damit Digger Ruhe gab, hatte auch er ein kleines Stückchen abbekommen, doch der Rest war, wohl als Wiedergutmachung, an Agathe gegangen.

Vier Mal »Haps«, und sie gab ein »Hrmpf« von sich, das auch ein in schweinischen Ausdrucksformen Unbedarfter als »Schwamm drüber« gedeutet hätte.

Vier Mal »Haps« mit allem. Haa-chhhhh, hachhachhachhhhh ... Mit allem. Peperoni inklusive. Agathe brachte die Strecke zum Teich im vollen Galopp hinter sich, bremste mit vier nach vorn gestreckten Beinen, tunkte den Rüssel bis zu den Ohren ein und senkte den Wasserspiegel um eine knappe Handbreit. Der anschließende Rülpser brachte die Fensterscheiben der Umgebung zum Zittern. Aah-jaa. Besser. Vor Behagen seufzend setzte sich die Sau einen Moment hin und betrachtete satt und schläfrig das kleine Gewässer. Es war mehr als ein Teich, es war das, was man ein Biotop nennt. Tiefer Teil, flacher Teil, sumpfiger Teil. Wundervoll, wirklich wundervoll sumpfiger Teil.

Wenn es etwas gibt – mal abgesehen von Pizza und sämtlichen anderen greifbaren Nahrungsmitteln –, dem kein Schwein auf diesem Planeten widerstehen kann, dann ist das eine schöne Suhle.

»Leider nein«, sagte Mars mit Bedauern. »So gern wir dir da helfen würden, aber die Sache ist die: Wir brechen noch heute Nachmittag zu einem Motorradtreffen auf und kommen erst nächste Woche wieder. Wir würden sie ja mitnehmen, aber – machen wir uns da mal nichts vor – unter tausend verfressenen und angesoffenen Rockern wären ihre Chancen, das Treffen zu überleben, so groß wie ...«

Mars suchte nach einem passenden Vergleich.

»... wie die eines Erdbeertörtchens in den Fingern einer Operndiva«, vollendete Nuts den Satz und erhob sich.

Mars nickte. »So ungefähr«, meinte er. »Also, es ist schade, aber es geht nicht. Ich hoffe, du siehst das ein.«

Klar sah Leo das ein. Sicher sah er das ein, auch wenn das hieß: Das Versteckspiel ging weiter. Er seufzte. Wenn er sich wenigstens halbwegs fit gefühlt hätte!

Kalle kam zurück, umgezogen, triefäugig, niesend. Ihm ging's also auch nicht besser. Ostern ist einfach noch nicht die rechte Zeit, um im Freien zu baden.

»Pascal ist zum Essen drüben geblieben«, schniefte er. »Und was machen wir jetzt?«

»Lass uns nach Hause gehen«, sagte Leo niedergeschlagen. Sie standen auf.

»O nein!«, drang Nuts' Stimme vom Teich her zu ihnen. »O nein, nein, neineineineinein! Habe ich nicht genug gelitten? Warum, warum nur? Warum nur immer ich?« Er klang völlig verzweifelt. Die Jungen eilten zu ihm.

Nuts kniete neben dem Biotop. Vor ihm lag Agathe reglos im Schlamm. Im ersten Augenblick dachte Leo, sie sei tot. Und Nuts sei schuld daran, so wie er daneben kniete und lamentierte. Doch dann drehte sich das Schwein wohlig grunzend auf die andere Seite und Nuts hob die Arme zum Himmel.

»Tausende von Euros«, klagte er, »tausende von Euros und aber- und abertausende von Stunden hat mich die Anlage dieses Biotops gekostet ...«

Leo stutzte. Was hatte Pascal ihm noch über die Entstehung des Teichs erzählt? »Alle haben mitgeholfen, die ganze Gang und ich, alle bis auf Nuts. Der stand nur herum und hat Unsinn geredet.«

Und jetzt wollte er abertausende von Stunden und Euros investiert haben?

»... seltensten, vom Aussterben bedrohten Pflanzenarten habe ich hier ein Refugium geschaffen«, jammerte Nuts weiter, »und

dann kommt ihr daher, mit dieser … dieser *Bestie* und …« Erschüttert brach er ab.

Die Bestie wälzte sich auf den Rücken, streckte alle viere von sich und machte »Ochochochoch«, wie nur sie es konnte. Dass sie dabei die Gräser, Stauden und Blumen der Sumpfzone etwas in Mitleidenschaft zog, war ihr offensichtlich schnurz.

Leo musste sich ein Lachen verkneifen. Agathe in der Suhle war ein Anblick reinsten Behagens.

»Das wächst doch nach«, sagte er beschwichtigend.

»So, meinst du?« Nuts' Stimme war eine Mischung aus Trauer und Anklage. »Dann sieh dir mal das hier an!« In der Mulde seiner Hände, wie ein frisch geschlüpftes Küken, reichte er Leo eine abgerupfte Blume. Eine kleine, gelbe Blume mit fünf noch nicht ganz geöffneten, glänzenden Blütenblättern.

»Piepolaia digitalia knudseniensis«, murmelte Nuts und ließ ein tiefes Seufzen hören. »Unersetzlich«, fügte er mit Grabesstimme hinzu. »Die Letzte ihrer Art. Auf der ganzen, weiten Welt ...« Seine Stimme verlor sich. Doch plötzlich schien er wieder Mut zu fassen. »Sag mal«, fragte er, »ihr, ich meine du und deine Familie, ihr seid doch versichert, oder? Natürlich«, schickte er theatralisch hinterher, »ist dieser Verlust mit schnödem Geld niemals wieder auszugleichen, und doch: Hunderttausend Euro, und man könnte es zumindest versuchen. Die Genforschung ...«

Was, was, was? Piepolaia knudsensdingsbums? Hunderttausend Euro? Genforschung? Leo blickte zu Kalle. Kalle besah sich erst die abgerupfte Blume, dann Nuts.

»Für mich«, sagte er, »ist das eine Sumpfdotterblume, wie sie stinknormaler nicht sein könnte.«

»Eine *was*?« Nuts lachte abfällig. »Mein armer Junge«, fing er an, doch Kalle war noch nicht fertig.

»Und was die Einmaligkeit und Unersetzlichkeit angeht«, sagte er und bückte sich, »wachsen allein hier vorne noch mehrere dutzend von der Sorte.«

Nuts folgte seinem Blick.

»Ähnliche«, behauptete er schnell, »das sind ähnliche. Nur der Fachmann vermag die Diegolaia pigitaliana knudsenia von ordinären Dotterblumen zu unterscheiden. Doch darum werden sich dann meine Anwälte und die Gutachter kümmern müssen. Bis dahin«, und hier wandte er sich gnädig an Leo, »heb unsere kleine Piepolina knudsenia für mich, für uns und die Nachwelt auf. Presse sie in einem dicken Buch und eines schönen Tages wird sie ein Vermögen wert sein. So hast dann wenigstens du etwas von meinen Bemühungen …« Ein tragischer Seufzer, und sie waren entlassen.

Also verzogen sie sich. Erstmal zum Schuppen, wo sie Agathe mithilfe von Schlauch und Bürste den Dreck und auch die eine oder andere zermatschte Piepolaia aus dem borstigen Pelzkleid spülten.

Gerade als sie sich auf den Nachhauseweg machen wollten, startete Mars die Pritsche.

»Muss zur Tanke«, rief er ihnen zu. »Soll ich euch heimfahren? Ihr seht mir beide nicht so richtig fit aus.« Na, da sagten sie nicht nein.

»Was hast du denn da?«, fragte Mars, kaum dass sie eingestiegen waren, mit der Sau im Fußraum, und zeigte auf die Blume in Leos Hand.

»Hat mir Nuts geschenkt«, antwortete der.

Mars räusperte sich kritisch und warf einen zweifelnden Blick über die Schulter, wo Nuts gerade gestenreich Schwatzbacke die Verwüstungen im Sumpfbeet zeigte.

»Es ist die Letzte ihrer Art, hat er gesagt«, fuhr Leo fort. »Ich soll sie in einem Buch pressen, während seine Anwälte meine Familie auf hunderttausend Euro Schadenersatz verklagen.«

Mars schüttelte nur den Kopf.

»Es wird wirklich langsam Zeit«, meinte er, »dass wir Freund Nuts eine hübsch gepolsterte Zelle in der Anstalt besorgen.«

Mit ballerndem Motor krochen sie den Fridtjof-Nansen-Weg hoch. Von Westen her zogen dunkle Wolken auf. Es würden doch nicht zu allem Überfluss auch noch verregnete Ostern werden?

Kapitel 4

Mars hielt direkt vor Leos Haustür. Es war niemand in der Nähe. Leo bedankte sich fürs Bringen, verabschiedete sich auch von Kalle und hastete mit Agathe an der Leine in den Hauseingang, durch die Tür und dann in gewohnt hohem Tempo das Treppenhaus hinauf. Hatte er sich getäuscht oder war da eine Bewegung hinter der Gardine von Hausverwalter Günzmanns Wohnung gewesen? Das wäre eine Katastrophe.

Leo ärgerte sich darüber, nicht vorsichtiger gewesen zu sein, nicht den Hintereingang genommen zu haben. Jeder wusste schließlich, wie krankhaft neugierig Frau Günzmann war. Und dass sie ihren Mann immerzu anstachelte.

Wilkes im ersten Stock hatten mal einen Goldhamster – nur einen Hamster! – gehalten, und Gundula Günzmann war dahinter gekommen und ihr Mann hatte daraufhin so lange Theater gemacht, bis Wilkes das Tier wieder abgegeben hatten. Die Günzmanns in Kombination mit der Hausordnung, das war eine einzige, endlose Nerverei.

Er konnte nur hoffen, dass er sich getäuscht hatte.

Leo schloss die Wohnungstür auf und machte die Leine los. Das Schwein war immer noch etwas lehmig, fiel ihm auf. Doch das musste warten. Keuchend lehnte Leo sich an die Wand. Er fühlte sich heiß und schlapp und ausgelaugt. Er sehnte sich nach drei Wochen Schlaf.

Agathe sprintete durch den Flur und in die Küche. Sollte sie doch. Ihm war's wurscht. Sie kannte sich ja mittlerweile hier aus. Kloiink, machte der Treteimer. Nun denn. Die Sau versorgte sich selbst, da könnte er sich ja für ein paar Minütchen aufs Bett legen und etwas wohlverdiente Ruhe finden ...

Erst als er die Schreie hörte, fiel Leo ein, dass seine Mutter donnerstags immer schon mittags von der Arbeit nach Hause kam.

Leos Mutter stand mit dem Rücken platt an den Kühlschrank gedrückt, blass, die Augen schreckgeweitet. Mit starrem Blick, gestreckten Armen und zitternden Händen hielt sie einen Küchenquirl wie eine intergalaktische Strahlenwaffe auf Agathes rosiges, aus dem Treteimer ragendes Hinterteil gerichtet.

»Vorsicht!«, rief sie ihrem herbeigeeilten Sohn zu und die beiden Schneebesen an der Strahlenwaffe wirbelten auf höchster Stufe, als sie den Abzug drückte. »Da ist ein ... ein ... ein ...«

Leo machte eine beschwichtigende Geste.

»Agathe, komm mal her und zeig dich«, sagte er mit ruhiger Stimme.

Ein wohlbekanntes, mangelnde Zufriedenheit andeutendes Geräusch drang aus dem Eimer, gefolgt von einem tibetanischen Kleinschweinkopf mit Spiralen von Kartoffelschalen um die Ohren.

Konnte man in diesem Haushalt nicht ein einziges Mal in Ruhe fressen? Ohne dauerndes Geschrei und völlig überflüssige Unterbrechungen? Gar nicht gut für die Verdauung, so was.

Dem Maul mit dem langsam mahlenden Unterkiefer entrang sich ein genervtes »Hrmpf«.

»Mutter, dies ist Agathe; Agathe, dies ist Mutter.« So, dachte Leo, jetzt freundet euch an, bringt es dem Vater bei und lasst mich in Ruhe ins Bett verschwinden.

Seine Mutter sah ihn an. Ihre Augen standen immer noch sperrangelweit offen. Ganz, ganz langsam ließ sie die Strahlenwaffe sinken und die Schneebesen kamen zum Stillstand.

»Bei Lidl habe ich heute die ersten Erdbeeren gesehen«, sagte sie mit seltsamer Stimme, »aber mit vier Euro für das halbe Kilo sind sie noch viel zu ...« Dann fasste sie sich. Sie schüttelte den Kopf, wie um letzte Spuren eines bösen Traums zu verscheuchen. Sie legte den Quirl aus den Händen, blickte ihren Sohn fest an und verlangte mit ihrer ganz normalen »Damit-kommst-du-mir-nicht-durch«-Stimme nach einer sofortigen Erklärung.

Leo sagte: »Also, Onkel Ernst ...«

»Schieb es nicht auf andere!«, unterbrach sie ihn.

»Aber es stimmt ...«

»Lüg mich nicht an, Bürschchen!«

»Also, es war so ...«

»Ich werd dir sagen, wie es war: Du und deine sauberen Freunde, ihr habt gemeinsam etwas ausgeheckt, um deiner Mutter den Schreck ihres Lebens einzujagen, und bei Gott, es ist euch gelungen! Das wird Folgen haben, mein Sohn, verlass dich drauf! Warte nur, bis ...«

»Aber Mama!«

»Wirst du mich ausreden lassen!? Warte nur, bis dein Vater nach Hause kommt! Diesmal bist du zu weit gegangen! Ein ausgewachsenes Schwein, in meiner Küche! Das ist ja obendrein Tierquälerei!«

»Aber Mama, hör doch zu ...«

»O nein! Du hörst zu! Du wirst jetzt als Erstes dieses Schwein dorthin zurückbringen, wo du es her hast, und zwar schleunigst, haben wir uns verstanden? Und dann wirst du dich auf dein Zimmer begeben und dort abwarten, was dein Vater und ich entscheiden! Los jetzt, und keine Widerrede!«

»Aber Mama! Ich kann das Schwein nicht zurückbringen! Es gehört Onkel Ernst und der ist irgendwo auf einer Nordseefähre!«

Seine Mutter brauchte einen Moment, bis ihr der Sinn dieser Worte dämmerte. Sie musste sich setzen. Ihr Gesicht hatte wieder den verwirrten Ausdruck von gerade eben.

»Was um alles in der Welt macht er auf einer Nordseefähre?«, fragte sie.

»Klavier spielen, natürlich.«

»Klavier spielen, natürlich.« Die Mutter nickte. Sie nickte eine ganze Weile. Und dann noch ein bisschen.

»Meine Mutter hat mich immer davor gewarnt, einen Ohlig zu heiraten«, meinte sie unvermittelt. »›Die haben alle einen Triller unterm Pony‹, hat sie immer gesagt.«

Da sich niemand weiter um sie kümmerte, hatte Agathe sich wieder dem Eimer zugewandt. Es war nicht einfach, die Reste von Saskias Brokkoli von den anderen Abfällen zu trennen. Obendrein auch noch im Dunkeln und mit nichts als ihrem Rüssel. So was braucht Konzentration.

»Und das mit der Fähre sollen wir Papa nicht sagen, hat er geschrieben. Wir sollen ›Konzertreise‹ sagen.«

»Ja, ja, ja.« Seine Mutter hatte das Nicken wieder aufgenommen. »Alle einen Triller unterm Pony«, murmelte sie und blickte entrückt lächelnd einen Punkt der Küchentapete an, als ob es sich um ein seltenes Kunstwerk handelte.

Saskia kam heim, kam in die Küche und erfasste die Szene mit einem Blick.

»Ich habe nichts damit zu tun«, rief sie eilig. Dann stutzte sie, sah sich ihren Bruder genauer an, ging einen Schritt auf ihn zu und fragte: »Hast du etwa geraucht? Du siehst so krank aus. Und du, Mama? Hast du vielleicht auch was geraucht?«

Damit riss sie die Mutter aus ihrer Verträumtheit und holte sie wieder auf den Küchenboden zurück.

»Hast du?«, fragte sie ihren Sohn streng.

Leo schüttelte matt den Kopf. Das war wieder mal typisch! Er konnte nicht einfach nur krank sein, nein, er musste etwas angestellt haben. Seine Mutter fühlte seine Stirn.

»Gott, du hast ja Fieber! Warum sagst du denn nichts? Wir müssen dich sofort ins Bett stecken. Marsch, ab mit dir! Und keine Widerrede! In zwei Minuten komme ich Fieber messen.« Und sie schnappte sich den Kessel und setzte Teewasser auf.

»Und was ist mit Agathe?«, fragte Leo. Er war froh, ins Bett zu dürfen, doch gleichzeitig fühlte er sich weiterhin für das Schwein verantwortlich.

Die Mutter besah sich den aus dem umgestürzten Treteimer ragenden Schweinehintern und zuckte die Achseln.

»Beißt sie?«

»Nein.«

»Macht sie Sachen kaputt?«

»Nicht dass ich wüsste«, murmelte Leo ausweichend. Da war noch die Sache mit der Kellertür.

»Na, dann sollen das dein Vater und sein Bruder Ernst mal unter sich ausmachen«, entschied sie.

Sein Vater, oha! Na, der würde ausrasten, so viel war klar. Onkel Ernst konnte sich freuen, so weit weg zu sein. Und Leo war, in gewisser Weise, nicht undankbar für die Fieberattacke.

»Und jetzt ab mit dir ins Bett!«

»Da ist noch was«, sagte Leo. »Agathe hat sich im Schlamm gewälzt. Ich hab sie schon abgespült, so gut es ging. Trotzdem müsste man sie noch mal duschen.«

Seine Mutter nickte, dachte kurz nach und kam dann zu einem Entschluss.

»Saaaskiaaaa ...«

Der Blick, den seine Schwester ihm zuwarf, als sie sich im Flur begegneten, brannte sich direkt bis zu Leos Hinterkopf durch, wo er mit einem britzelnden Geräusch kleine Rauchfahnen aufsteigen ließ.

Aaaaaahhhh. Im Bett konnte man es aushalten. Selbst ein wie zugeschnürt wirkender, pochender Kopf und Schmerzen in allen Gelenken verloren in der Butze einen Teil ihres Schreckens. Man bekam Tee serviert und Kekse, die man allerdings mit einem verfressenen Schwein teilen musste. Weil es sonst nicht aufhörte, mit der Nase gegen das Bett zu rumsen. Also einen für mich, einen für dich. Was soll's.

Leo lag auf dem Rücken und döste. Er nahm sich fest vor, morgen und übermorgen auch noch krank zu bleiben. Bis sich die Wogen etwas geglättet hatten.

Natürlich hat so ein Krankendasein auch seine Nachteile. Die Welt reduziert sich auf die vier Wände des Zimmers, in dem man liegt. Für die Augen, zumindest. Die Ohren reichen etwas weiter.

Manchmal genügt es vollkommen, nur zuzuhören, um ein genaues Bild von einem Vorgang zu bekommen.

Leo war sich sicher, dass er es für den Rest seines Lebens bereuen würde, keine Bandaufnahme von Saskia mit Agathe im Bad gemacht zu haben. Zusätzlich zu den ganzen anderen Beschwerden tat ihm jetzt auch noch der Bauch weh. Vor Lachen. Allein dafür hatte Agathe noch einen Keks verdient.

»Ja, ja, ja. Hör auf zu schubsen. Kommt ja schon.«

Es wurde früh dunkel und der erwartete Regen setzte ein. Das würde ein feuchtes Motorradtreffen für die Zucchinis werden.

»Huuhuu! Jemand daheim?« Sein Vater war von der Arbeit zurück. Offensichtlich gut gelaunt, stand doch eines seiner geliebten langen Wochenenden bevor. »Tage zum Durchatmen« nannte er sie.

»Haalloo!« Niemand antwortete. Noch zu keiner Zeit hat sich irgendjemand darum gerissen, Überbringer schlechter Neuigkeiten zu sein. An Königshöfen schickte man für gewöhnlich den Narren vor. Der, sagte man sich, kann Spaß vertragen.

»Ich lieg im Bett«, rief Leo schwach.

»Nanu«, sagte sein Vater und kam ins Zimmer, »was haben wir denn?« Er war wie immer tadellos gekleidet, mit dunklem Anzug und Krawatte, das leicht angegraute Haar ordentlich über die hohe – seien wir ehrlich: sehr hohe – Stirn gekämmt.

»Wahrscheinlich Grippe«, antwortete Leo.

»Hrmpf«, kam es von unter dem Bett her, wohin Agathe sich für ein Nickerchen zurückgezogen hatte.

»Scheint sich um eine Darmgrippe zu handeln«, meinte sein Vater besorgt.

Leo fand, dies sei ein genauso guter oder schlechter Zeitpunkt wie jeder andere auch, um mit der Wahrheit herauszurücken.

»Nein«, sagte er, »das war Agathe.«

Sein Vater sah mit gerunzelten Brauen auf ihn herunter.

»Agathe?«

»Ja, Agathe, Onkel Ernsts tibetanisches Kleinschwein. Sie liegt unter meinem Bett.«

Sein Vater blickte jetzt deutlich alarmiert drein. »Judith«, rief er, »Ju-hudit! Komm doch bitte mal!« Schon stand seine Mutter in der Tür.

»Hallo, Alfred«, sagte sie freundlich, wenn auch etwas unsicher. Wo war das Schwein? Wusste er schon ...?

»Judith, hast du schon Fieber gemessen? Wie hoch ist es? Der Junge fantasiert ja! Wir müssen einen Arzt rufen!«

Da war doch schon wieder jemand Neues gekommen? In diesem Haushalt kam ja kein Schwein zur Ruhe. Agathe kräuselte ihren Rüssel in Richtung des Neuankömmlings. Der roch, zumindest von den Füßen her, ganz ähnlich wie ... wie ... Moment mal. Dazu musste sie näher ran. Agathe strampelte unter dem Bett hervor und schnüffelte konzentriert und gründlich und geräuschvoll die Schuhe von Leos Vater ab.

Vater Ohligs Augen wurden so groß wie zwei Camemberts, sein Gesicht wurde bleich wie ein Camembert und seine Knie wurden so weich wie ... Camembert, ja. Die reife Sorte.

Dabei griff er sich an die Brust, als fürchte er, auch sein Herz könne sich jeden Augenblick in einen Weichkäse verwandeln.

»Ich habe nichts damit zu tun«, rief Saskia, die ihrer Mutter neugierig über die Schulter blickte.

Tatsache! Agathe gab ein zufriedenes »Hrmpf« von sich. Sie hatte sich nicht getäuscht. Dieser Typ roch ähnlich wie ihr Ernst. Ihr lieber Ernst. Ihr Herrchen, ihr Halter, ihr Unterhalter. Ein Mann, der um die Bedürfnisse von Schweinen wusste wie kein Zweiter ... Pizza, Pommes, Kekse, ein ständig wohlgefüllter Mülleimer ... eine regelmäßig mit dem Gartenschlauch in Form gehaltene Suhle ... ein warmer Platz zu seinen Füßen, wenn er Klavier spielte ... und eine Tür, die er rücksichtsvollerweise immer weit öffnete, bevor ihn beim Klavierspielen auch noch das Singen ankam. Als Fluchtweg. Kurz, ein wundervoller Mann. Und wenn einer so ähnlich riecht, dann ist er wahrscheinlich auch so ähnlich und kann demnach nicht ganz schlecht sein. Agathe stupste ihn freundlich ans Bein.

Leos Vater brauchte einen Stuhl. »Sagt mir, dass ich es bin, der fantasiert«, bat er. »Und dann geht und ruft einen Arzt.« Alle redeten auf ihn ein.

»Langsam«, forderte er, »langsam!« Wieder redeten alle gleichzeitig.

»RUHE!« Allmählich kam er wieder zu sich. Allmählich hörte er aus all dem Geschnatter auch heraus, was los war. Sein Bruder, sein eigener, leiblicher Bruder, hatte ihnen diese Geschichte eingebrockt. Sofort enterben, war das Erste, was ihm in den Sinn kam. Das Zweite war ihr Mietvertrag.

»Wisst ihr eigentlich, was das bedeuten kann?«, fragte er seine versammelte, schafsköpfige Familie, die lebende Schweine in die Wohnung ließ, auch wenn sie das das Dach über dem Kopf kosten konnte. Die Wohnungsbaugesellschaft, der das gesamte Viertel gehörte, war mit Kündigungen schneller bei der Hand als Sheriff Wyatt Earp mit seiner Knarre. Und dieser entsetzliche Hausverwalter Günzmann hatte seine Augen und Ohren überall. Doch Gott sei Dank war er, Alfred Ohlig, ein Mann der Tat, von der Arbeit zurück. Und mit ein bisschen Glück noch rechtzeitig genug, um das Schlimmste zu verhindern. Mit zwei langen Schritten war er im Flur und am Telefon. Branchenbuch ...

Leos Mutter seufzte erleichtert. Ihr Mann wusste doch immer, was zu tun war. Ihr Mann wusste immer einen Ausweg.

»Was hat er vor?«, fragte Leo vom Bett her. Ihm ging das alles ein wenig zu schnell. Hätten sie nicht erst mal beratschlagen können? Sein Vater neigte zu übereilten Aktionen. Onkel Ernst hing an dem Tier. Und nicht nur der Onkel, wie Leo plötzlich bewusst wurde. Seine Ohren wuchsen ins Riesenhafte.

»Papperlapapp!«, schrie sein Vater in den Hörer. »Was soll das heißen, sie nehmen nur Haustiere? Selbstverständlich ist das ein *Haus*tier! Oder glauben Sie vielleicht, wir Ohligs hausen in einem Stall?«

Krach!, machte der Hörer. »Noch nicht, aber möglicherweise bald«, murmelte der Vater.

»Das war jetzt das dritte Tierheim«, klärte er seine Familie auf. »Und das letzte in unserer Umgebung. Hunde, Katzen, Papageien, Leguane, mit allem kannst du denen kommen, aber Schweine? Fehlanzeige. Aber na, warte! So schnell gibt Alfred Ohlig nicht auf! Reich mir bitte noch mal das Branchenbuch.«

Tierheim! Agathe hinter Gittern! Das war keine nette Idee. Leo lauschte angestrengt, verfluchte seine Gripppe und wünschte, er könnte irgendwie in das Geschehen eingreifen. Was um alles in der Welt hatte sein Vater jetzt vor?

»Waas?«, schrie der Vater. »Sie dürfen nicht? Da firmieren Sie groß unter ›Schweinemästerei‹ und dann dürfen Sie angeblich noch nicht mal *ein* Schwein in Pflege nehmen? Wollen Sie mich verar- Was? Gefahr von Schweinepest? Ja glauben Sie denn allen Ernstes, wir Ohligs halten pestverseuchte Ti-? Aufgelegt. Dämlicher Bauernschädel.«

»Reg dich nicht auf«, mahnte seine Frau mit sanfter Stimme.

»Ich soll mich nicht aufregen? Haha! Mein eigener, unzurechnungsfähiger Bruder schickt mir ein lebendes Schwein zu Ostern, meine eigene, offensichtlich etwas zurückgebliebene Tochter lässt das Vieh in die Wohnung, und mein eigener, vollkommen übergeschnappter Sohn versucht, das vor mir und der Welt geheim zu halten! Und da sagst du, ich soll mich nicht aufregen? Weißt du eigentlich, dass wir, wenn wir Pech haben, bereits nächste Woche im Stadtpark übernachten können?«

»Es wird schon alles gut werden«, sagte die Mutter, sanft. »Was hast du als Nächstes vor?«, fragte sie dann.

»Ich hab keine Ahnung«, sagte der Vater, matt.

»Dann lass uns erst mal zu Abend essen.«

Der Regen trommelte wütend gegen das Fenster. Aus der Küche drang das Klappern von Geschirr, das Murmeln einer ernsten Unterhaltung, das »Hrmpf« einer satten Sau, gefolgt von trippelnden Schritten und dem soliden Rums!, mit dem Agathe die Tür zu bearbeiten pflegte, wenn sie mal runter musste.

Oi-joi, dachte Leo. Bei diesem Wetter kein Spaziergang.

»Was hat sie?«, fragte ihn sein Vater, immer noch in Schlips und Kragen, nur die Jacke hatte er ausgezogen und die Schuhe gegen Puschen getauscht. Außerdem trug er noch eine Serviette um den Hals gebunden.

»Sie muss mal«, antwortete Leo. »Am besten leinst du sie vorher an.«

»Ich? Ha-emm. Wohl kaum. Das ist ganz eindeutig ein Job für Saaskiaaa!«

Doch genau darauf war Saskia schon innerlich vorbereitet gewesen. Ihre Entgegnung kam augenblicklich und mit der Geschwindigkeit einer Gewehrsalve. Schon zwei Mal hatte sie die Sau baden müssen, Flur, Bad, Küche gewienert, aufs Tennis (und ein Date mit einem sehr netten Jungen, aber das ging nun wirklich niemanden etwas an) verzichtet und deshalb war ihre Antwort: »NEIN!«

Und zack!, Abgang der Tochter mit wütendem Türenschlagen, einen milde verdatterten Vater allein im Flur zurücklassend. Leo hörte, wie er sich räusperte.

»Judith, Liebling ...?«

»O nein, Alfred, bitte nicht! Ich sag's nicht gern, aber ich fürchte mich etwas vor diesem Schwein. Ich glaube kaum, dass ich die Kraft hätte, sie zu halten.«

»Ja, ja was denn? Soll das etwa heißen ...?«

Fieberkranke kann man nun wirklich schlecht in ein solches Wetter hinausjagen.

»Rums, rums, rums.« Wenn Agathe muss, dann muss sie.

»Nimm einen Schirm mit, Schatz. Es regnet.«

»Ja, ja was denn? Ihr glaubt doch nicht im Ernst …?«

»RUMS!«

»Ja, was … ja wo ist denn die Leine, verflucht noch mal?«

»Hängt am Schlüsselbrett, Schatz. Der Schirm steht im Ständer. Und noch etwas, Schatz.«

»Ja?«

»Nimm die Serviette ab, bevor du runtergehst.«

Leises, zwischen den Zähnen hervorgepresstes Fluchen begleitete die Prozedur des Anleinens. Mit dem charakteristischen Quietschen öffnete sich die Wohnungstür, und nur einen Sekundenbruchteil später konnte man einen regelrechten Trommelwirbel von Hufen hören, verzweifelt verfolgt vom Schlappen zweier für solch ein rasendes Tempo denkbar ungeeigneter Hausschuhe. Letztendlich wurde jedoch beides übertönt durch einen lang anhaltenden, sich allmählich in den Windungen des Treppenhauses verlierenden Schrei reinen Entsetzens.

Leo verließ gerade das Bad, als sich die Wohnungstür wieder öffnete. Agathe kam zügig hereingetrottet und schüttelte lässig etwas Regen aus ihren Borsten. Am Ende der blauen Leine zog sie den Vater hinter sich her. Oder, besser gesagt, das, was von ihm übrig geblieben war.

Schwer, schwer, schweeer atmend, wie ein Fünftausend-Meter-Läufer, den ein Gegner zu einem Viertausend-Meter-Endspurt gezwungen hat, lehnte er sich mit einer Hand an den Türrahmen. Die Leine entglitt ihm, Agathe trippelte davon. Man hörte den Treteimer.

Leos Vater war klatschnass. Das Hemd war durchgeweicht, die Hose hing an ihm wie ein Sack. Alles an ihm hing. Die Zunge aus dem Mund, die Krawatte über der Schulter, das sonst so sorgfältig quer über den Kopf gekämmte Haar links bis fast auf die Schulter, während oben die hohe Stirn vor Schweiß und Regen dampfte. Den Schirm hatte wohl eine Böe auf links gedreht, er schleifte über den Boden, auf dem ein lehmiger Hausschuh und eine noch lehmigere Socke lehmige Abdrücke hinterließen.

»Erst werden wir ihn enterben. Und dann lassen wir ihn entmündigen«, keuchte der Vater. »Dies ist der absolut letzte Streich, den mein Bruder Ernst mir je gespielt hat.«

Leo verzog sich leise und unauffällig zurück in sein Zimmer, just als seine Mutter in den Flur trat und entsetzt »Alfred, wie siehst du denn aus!« schrie.

»Enterben, entmündigen und für immer in die Verbannung schicken werden wir ihn«, fuhr sein Vater ungerührt fort und schüttelte das wirre, nasse Haar. »Nach Wangerooge!«

Wangerooge war für ihn der Inbegriff von Ödnis.

Solche Drohungen waren keine Seltenheit im Hause Ohlig. Als der Onkel seinerzeit mit dem geliehenen Ford nicht wieder auftauchen wollte, hatte der Vater eine ganze Woche lang getobt. Schließlich war er losgezogen und hatte einen neuen Kombi gekauft, etwas, das er »im Grunde schon lange vorgehabt« hatte. Doch war der Ford damit das absolut Letzte gewesen, was er seinem Bruder geliehen hatte. Bis auf die Schlagbohrmaschine, den

Dachgepäckträger (für den Ford), das Schlauchboot (für ein Wochenende) und die tausend Euro Anzahlung für ein neues Klavier … unter anderem.

All das war zu verschmerzen gewesen. Doch wenn sie wirklich aus der Wohnung fliegen sollten … das würde Krach geben. Ernsthaften Krach.

Leo lag noch lange wach und grübelte und grübelte, während Agathe vor seinem Bett schlief.

Dass Katzen das können, weiß man. Aber dass es einem ausgewachsenen tibetanischen Kleinschwein gelingen könnte, sich unbemerkt ins Bett zu schleichen und da breit zu machen, hätte Leo bis zu diesem Morgen nie und nimmer geglaubt. Na, zumindest hatte sie ihm diesmal einen Teil der Decke gelassen.

Auch Leos Vater hatte abends vor dem Einschlafen noch eine Weile nachgedacht. Das Ergebnis dröhnte jetzt durch die Wohnung.

»Waas«, schrie er in den Hörer, »wie viele Fährgesellschaften gibt es? Allein über die Nordsee? Holländer, Belgier, Engländer, Franzosen, Deutsche, Dänen, Schweden, Norweg- hören Sie auf, hören Sie auf, ich glaub's Ihnen ja!« Klack. Pause. »Ich fürchte, Kinder, das können wir vergessen.«

Der Regen hatte nachgelassen. Leos Fieber auch. Doch heute, befand seine Mutter, müsse er auf alle Fälle noch das Bett hüten. Und zwar ohne das Schwein! (»Hrmpf«). Woraufhin sich wieder die alte Frage stellte, wer Agathe Gassi führt.

»Saaaskiaaa!«

Doch auch Saskia hatte gestern Abend wohlweislich noch ein wenig vorausgeplant. Sie war zu dem Schluss gekommen, lieber offenen Auges in den Tod zu gehen, als mit einem Schwein an der Leine gesehen zu werden. Es reichte vollkommen, wenn sich ihr

dämlicher kleiner Bruder sämtliche Chancen beim anderen Geschlecht auf Jahre verbaute. Konnte man sich vorstellen, welcher halbwegs interessante Junge mit einem Mädchen ausgehen wollte, das alle Welt »Schweine-Saskia« nannte? Oder konnte man sich andersrum vorstellen, was für einen Jungen ein Mädchen mit so einem Spitznamen akzeptieren müsste? Nein, danke. Dann lieber das Kloster oder gleich den Tod. Und peng!, zu die Tür.

Vater Ohlig schluckte. Saskia schied damit wohl aus. Und seine Frau fürchtete sich nach der abendlichen Episode erst recht vor dem Schwein.

Der Sohn fieberte noch, wenn auch nur leicht. Warte, o warte nur, mein Knabe! Sobald das Thermometer wieder 37,2 zeigt, bist du auf den Beinen, mit einer blauen Leine in der Hand, das schwöre ich dir! Doch bis dahin …

»Rums! Rums! Rums!«

»Ja, ja, ja, verflucht noch mal!«

Knirschende Zähne zermalmten schreckliche Flüche, während der Vater seine robustesten Wanderstiefel hervorkramte, seine älteste Hose, eine wetterfeste Jacke. Und einen Hut.

So, Leine um, Tür auf und – »Aaaaaaaaaahhhhhhhhhh!« – trippel, trappel, holterdiepolter. Ab ging's.

Diesmal war er gesehen worden. Irgendeine Frau aus dem Erdgeschoss.

»Doch nicht Frau Geissler?«, fragte die Mutter entsetzt, »Frau Susemiehl? Oder Frau –«

»Was weiß denn ich«, keuchte der Vater, um Atem ringend wie nach einem Wettschwimmen mit einem Hai. »Für mich sehen die alle gleich aus.«

Kloiiink, kam es aus der Küche.

Das Tolle an Treteimern ist, dass man so gut wie jedes Mal, wenn man nachsieht, etwas Neues darin findet. Ja, genau das ist das Tolle daran. Das Überraschungsmoment. Was also, fragte sich Agathe, gab es Neues? Nur einen vollen Kaffeefilter? »Hrmpf.« Na ja. So ist das mit Überraschungen. Es gibt beide Sorten. Die angenehmen und ... doch was war das, da hinter dem Filter? Knäckebrot? Knäckebrot mit ... Knäckebrot mit Marmelade! Na, wer sagt's denn? »Haps. Krunsch.«

»Oh Gott, doch nicht etwa Frau Günzmann?« Leos Mutter schlug die Hände über dem Kopf zusammen. »Das wäre schlimm! Hat sie dich erkannt?«

Hilflos zuckte der Vater die Schultern. Den Jackenkragen hatte er hochgeschlagen gehabt, den Hut wohlweislich tief in die Stirn gedrückt, aber konnte man wissen? Man konnte nicht.

Von da an wurde noch mehr beratschlagt, noch mehr überlegt, Ausweichmöglichkeiten erörtert, Strategien entwickelt – und stündlich Fieber gemessen.

Selbstverständlich wurde auch eine Menge herumtelefoniert. Doch es fand sich niemand, der die Sau übernommen hätte. Nicht mal für Geld. Viele waren auch einfach nicht zu erreichen über die Feiertage, andere durften, konnten, wollten nicht. Das Fazit war: Ohligs blieben auf ihrem Schwein sitzen.

Der Vater verbrachte Stunden mit dem Strafgesetzbuch, wo er sich ausgiebig darüber informierte, was einem für Mord an einem Verwandten ersten Grades blühte.

»Im Affekt und ausreichende mildernde Umstände vorausgesetzt«, hier deutete er auf Agathe, die sich am Wohnzimmertisch den Rücken schubbelte, wobei es den Tisch nur so eben auf den Beinen, aber keineswegs an seinem angestammten Platz hielt, »käme ich wahrscheinlich mit einer Bewährungsstrafe davon«, stellte er fest.

Agathe war es langweilig geworden. Der Junge lag nur im Bett rum und Kekse hatte er auch keine mehr. Also war sie das Mädchen besuchen gegangen. Zwar war die Tür zu gewesen, aber Türklinken waren ja kein Hindernis für sie. Das Mädchen hatte sie eine Sekunde lang außerordentlich überrascht angesehen. Es trug keinen Faden am Leib und stand vor dem großen Spiegel, beide Hände unter ihrem Gesäuge, das sie gerade, als die Tür aufflog, einer kritischen Musterung unterzog. Gott, was für eine Stimme! Schrill!

Also in die Küche, sowieso das beste Zimmer von allen.

»Nein, nein, nein«, hatte die Mutter gerufen, »raus hier! Und lass den Mülleimer stehen!«

Im Wohnzimmer hatte sie sich nur ein bisschen den Rücken geschubbelt, da war diese große Vase vom Tisch gefallen, und so fand sie sich im Zimmer des Jungen wieder. Der las. Wie langweilig! Mit einem Geräusch äußerster Missbilligung ließ sie sich auf die Seite fallen. Wenn nicht bald etwas geschähe ... Mit diesem Gedanken schlief sie ein.

Kapitel 5

»... und pass auf, dass dich niemand sieht!«

Es war Samstagmorgen. Samstagmorgens wird bei Ohligs einkaufen gefahren, immer, da gibt es nichts.

37,2 Grad, vom Vater persönlich unter der Achsel gemessen. Ein Seufzer der Erleichterung war der väterlichen Brust entströmt.

»Unser Junge ist wieder gesund!«, hatte er gejubelt, als ob Leo von einer rätselhaften, möglicherweise tödlichen Krankheit genesen wäre, und war aus dem Zimmer gehumpelt wie ein alter Mann. (Den Abend zuvor war er im Treppenhaus bei halsbrecherischem Tempo auf eine frisch geputzte Stelle geraten. »Aquaplaning« nennt das der Verkehrsexperte. Gott sei Dank waren es nur noch zwei Treppenabsätze bis unten gewesen, die er allerdings mit klackernden Zähnen auf dem Hintern absolviert hatte. Den Rest des Abends hatte er auf dem Bauch liegend zugebracht, vor sich das Strafgesetzbuch, Kapitel »Brudermord«, Absätze »Vorsätzlich«, »Heimtückisch« und »Besonders grausam«.) Doch jetzt war sein Sohn wieder fit und das war gut so. Leo und diese Sau passten ja so viel besser zusammen. Das gleiche jugendliche Ungestüm, die gleichen kurzen, flinken Beine, wie geschaffen für den Treppensprint, der gleiche rigorose Appetit, die gleichen

Tischmanieren, das gleiche dringende Bedürfnis, sich ungefähr drei Mal pro Jahr zu waschen.

»... und pass auf, dass dich niemand sieht!« Mit diesen mahnenden Worten übertrug er nun die blaue Leine der Verantwortung feierlich vom Vater auf den Sohn. Und dann, mit einem Aufseufzen, gab Vater Ohlig sich mit seiner Frau dem Luxus einer Aufzugfahrt hin, runter in die Tiefgarage. Samstagmorgens wird bei Ohligs einkaufen gefahren, und wenn der Vater noch so hinkt.

Agathe war es langweilig. Jedoch nicht zum Gähnen langweilig. Nein, es war die andere Sorte. Die, die einen juckt, ohne dass man sich kratzen könnte. Die, die einen von einem Zimmer in das nächste treibt, von da ins übernächste und wieder zurück. Die, die einen den Mülleimer in der Küche bis auf den letzten Fetzen leerkratzen lässt. Die, die einem beim Anblick der blauen Leine Sprungfedern in die Haxen einbaut.

»Ein paar Minuten Geduld noch«, sagte Leo zu der vor Ungeduld hüpfenden Sau und hängte die Leine wieder an ihren Haken. »Wir müssen noch eben auf Kalle warten.«

Warten? Er wollte noch warten? Agathe versuchte ihn mit einer »Zootier-mit-unstillbarer-Sehnsucht-nach-Freiheit«-Miene zu erweichen. Kam nicht an. Und sie musste. Sie musste dringend. Agathe blies die Backen auf, bis sie glubschäugig wurde, um dem Jungen zu zeigen, wie dringend sie musste, doch der sah kaum her. Dabei wusste er selber kaum, wohin mit sich vor Unruhe. Rannte von einem Fenster der Wohnung zum nächsten, als ob auch er es kaum erwarten könnte, endlich nach draußen zu dürfen. Was war nur mit den Zweibeinern los? Sie haben die Schlüssel zu allem, und dann sperren sie sich selber ein.

Leo war nervös. Er hatte gerade feststellen müssen, dass Frau Günzmann draußen vor dem Haus stand. Direkt vor dem Vordereingang. Bequem auf einen Besen gestützt und in ein ernsthaftes Gespräch mit zwei Nachbarinnen vertieft, und zwar ausgerechnet mit Frau Geissler und Frau Susemiehl, den beiden hartnäckigsten, ausdauerndsten Klatschtanten der ganzen Siedlung. Man konnte förmlich dabei zusehen, wie die drei durch das Gehwegpflaster hindurch Wurzeln schlugen.

Jetzt fehlte bloß noch, dass Herr Günzmann sich auf der Rückseite des Gebäudes zu schaffen machte, und ...

Die Türklingel unterbrach Leos sorgenvollen Gedankengang. Das musste Kalle sein.

Leo hob den Hörer von der Gegensprechanlage, doch da klopfte es schon an der Wohnungstür. Agathe stand augenblicklich abwartend davor, Ringelschwanz in freudiger Bewegung, und Leo musste sie ein Stück zur Seite schieben, um überhaupt aufmachen zu können.

»Gut, dass du da bi-«, begann er. Und brach schlagartig ab. Denn vor der Tür stand nicht Kalle. Vor der Tür, und mit einem Fuß schon *in* der Tür, stand Günzmann, Hausverwalter Friedrich Günzmann. In seinem offiziellen grauen Kittel mit den vier Kugelschreibern in der Brusttasche. Und ein Klemmbrett hatte er auch dabei.

»Was wollen *Sie* denn?«, entfuhr es Leo, mehr ehrlich als höflich.

»Sind deine Eltern da?«, fragte Günzmann, ebenso grußlos, zurück. Er schob seinen Bauch ein Stück vor, und seinen rechten Fuß ebenfalls.

Leo hatte seine liebe Mühe, die Tür festzuhalten und gleichzeitig die neugierige Sau so mit dem Fuß zurückzuschieben, dass sie – für den Moment zumindest – für Günzmann unsichtbar blieb.

»Sie haben meine Frage nicht beantwortet«, stellte er fest.

Der Hausverwalter lehnte sich ein bisschen mehr gegen die Tür und streckte seinen Kopf vor. Seine Augen schossen hin und her, sogen alles auf, was er von Ohligs Wohnung sehen konnte.

»Gehen sie weg«, forderte Leo laut und leicht panisch, weil die Sau wieder und wieder versuchte, sich zwischen seinen Beinen hindurchzuquetschen und mal einen Blick auf den Störenfried da draußen zu werfen.

Was sie von ihm riechen konnte, verhieß schon mal nichts Gutes. Wer immer da draußen vor der Tür stand, er hatte diese fiese Ausdünstung, wie dicke Eber sie haben, die alle anderen Schweine vom Trog wegzubeißen versuchen. Oder wie spitznasige Hunde, die nach allem und jedem schnappen. Weil sie allem und jedem misstrauen. Und deshalb Angst haben.

»Ich führe im Auftrag der Betreibergesellschaft eine Untersuchung durch«, behauptete Günzmann. »Uns ist zu Ohren gekommen, dass jemand aus der vierten Etage ein noch nicht näher identifiziertes Tier hält. Das ist ein schwerer Verstoß gegen die Hausordnung. Deshalb müssen wir da einschreiten.«

Der Hausmeister schob jetzt mit aller Kraft. Er schien entschlossen, sich in die Wohnung zu drängeln.

»Hauen Sie ab!«, schrie Leo jetzt, keuchend vor Anstrengung.

Die Sache ist die: Wenn sich zwei Personen von zwei Seiten gegen dieselbe Tür stemmen, gewinnt am Ende der, der schwerer ist. Und wer das in diesem Fall war, stand außer Frage. Doch plötzlich spürte der Junge, wie der Hausmeister nachgab. Hinter Leos Rücken fiel die Badezimmertür ins Schloss. Und dann erscholl das schrillste »Iiiiiiiiiiiiiiih!!«, das er von seiner Schwester jemals gehört hatte. Er warf einen Blick über seine Schulter. Saskia stand da, barfuß, einen Handtuchturban um den Kopf und ein knappes Badelaken um die Figur, und dieses Laken rutschte, obwohl sie es hektisch mit beiden Händen, Armen, Ellenbogen an seinem Platz zu halten versuchte. »Was machen Siiiiiie denn hiiiiiier?«, schrie sie den Hausmeister an. »Sind Sie iiiiirrre?«

Leo war zum ersten Mal dankbar für Saskias schrille »Iiii«s, auch wenn sie einem noch Minuten später in den Ohren bimmelten wie notbremsende Straßenbahnen.

»Äh, wir, äh, Tier, äh, Hausordnung, äh ...« Günzmann zog sich stammelnd und hastig zurück. Leo knallte die Tür ins Schloss, lehnte sich mit dem Rücken dagegen, atmete erleichtert auf, und Saskias Badetuch rutschte endgültig zu Boden und enthüllte ... den Tennisdress, den sie darunter trug. Mit einem Griff wickelte sie den Handtuchturban von ihrem trockenen Haar und schüttelte es.

»Was bildet der sich denn ein, dieser Widerling?«, fragte sie cool, und dann mussten sie, Leo und Saskia, plötzlich lachen. Das war knapp gewesen. Aber es machte Hoffnung. Vielleicht schaff-

ten es die Ohligs ja tatsächlich, den Hausverwalter noch ein paar Tage an der Nase herumzuführen?

Doch dann hörten sie, wie Günzmann mit den Nachbarn eine Tür weiter sprach.

»Jemand hält hier ein Tier«, dröhnte er. »Ein Tier«, fügte er, wenn möglich noch lauter, hinzu, »das öfter mal Gassi muss …«

Und Leos Hoffnung schwand wieder.

»Na komm«, bat Kalle. »Steig rein.«

Einsteigen? In das Ding da? Wohl kaum. Agathe machte sich steif. Sie musste *raus*. Sie wollte nicht irgendwo *rein*.

»Nun mach schon«, drängte Leo, »stell dich nicht so an!«

Günzmann hatte doch tatsächlich Posten bezogen, bewachte den Hinterausgang, was Kalle und Leo gezwungen hatte, sich in aller Hast einen Plan auszudenken. Wie die meisten unter Zeitdruck entstandenen Pläne eine riskante Angelegenheit mit Schwächen, doch gleichzeitig ihre einzige Chance. Und für die rasche Vorbereitung hatten sie sich in Ohligs Keller eingefunden. Leider verweigerte das Schwein ausgerechnet jetzt die Zusammenarbeit.

»Das ist nur für ganz kurz«, versprach Leo. »Bis wir dich aus dem Haus geschmuggelt haben.«

Kurz oder lang, erst mal war es *eng*. Und Agathe hatte die Nase gründlich voll von engen Behältnissen. Erst hatte man sie in einer engen Kiste durch die Gegend geschaukelt und dann hatte man ihr in einer ebenfalls nicht gerade weiten Wanne die Schwarte verbrüht. Das, wo sie hier reinklettern sollte, sah ein bisschen aus wie eine Mischung aus beidem und verhieß deshalb nichts Gutes. Na ja. Fast nichts. Der Junge mit der Brille hielt plötzlich eine Rolle in seinen Händen. Ein Rolle ... Kekse. Schokokekse. Oben ein Keks, unten ein Keks, und dazwischen Schokolade. Hmmm. Er nahm einen davon raus, der Junge, und wedelte ihn langsam vor Agathes Nase hin und her.

Das war so ... unfair. So ... gemein. Einem dermaßen die eigenen Schwächen vorzuführen! Agathe befahl ihrer Nase streng, es nicht zu tun, und trotzdem ging sie mit dem Keks mit. Von links nach rechts und von rechts nach links. Und schließlich nach vorn und dann machten auch noch ihre Beine mit und so ging es unweigerlich hinein in das komische Behältnis. Unfair und gemein, sicher, aber ... »Haps!« ... auch lecker. Und einmal hier drin war es nicht mal ungemütlich. Und noch einen oder zwei Kekse später auch gar nicht mehr soooo eng.

Die große Sporttasche war so schwer, dass Leo sie unmöglich tragen konnte. Kalle und er hatten sie deshalb auf ein Skateboard gewuchtet. Leo nahm den Aufzug hoch ins Erdgeschoss und zog die Tasche dann möglichst selbstverständlich hinter sich her. Das Damentrio stand immer noch draußen vor der Haustür. Trotzdem war die Chance, sich unbemerkt vorbeizuschleichen, hier vergleichsweise größer als hinterm Haus, wo Günzmann lauerte, der so tat, als ob er Beete harkte.

Leo trat vors Haus und zog die Tasche dabei wie das Normalste in der Welt hinter sich her. Er und Kalle hatten kurz überlegt, Leos alten Kinderwagen zu verwenden, doch hatten Kinderwagen auf Frau Günzmann eine Sogwirkung, die höchstens noch von der Erdanziehungskraft übertroffen wurde. Sie war eine von denen, die sich unweigerlich auf jeden Buggy stürzten und dann fünf Minuten lang Kind und Mutter mit mildem Schwachsinn der »Ei, wo isser denn? Tutsi, tutsi, tutsi«-Sorte traktierten. Deshalb also Sporttasche plus Rollbrett.

Leider machten die Skateboardrollen auf dem abschüssigen Pflaster vor der Haustür eine Menge ... Geräusch. Es klang verdächtig nach ... Skateboard, ja. Und wenn es irgendetwas gab, worauf die meisten Leute in der Gegend reagierten wie Stiere auf rote Tücher, dann war es das Geräusch von Skateboards. Wie gesagt, kaum ein hastig geschmiedeter Plan ohne die eine oder andere Schwäche.

Leo hatte Tasche und Rollbrett keine fünf Schritte weit gezogen, als das Damenkränzchen verstummte.

So ungefähr muss sich ein aus dem Nest gefallenes Vogeljunges fühlen, dachte Leo, wenn sich plötzlich drei hungrige Krähen nach ihm umdrehen.

»Einen wunderschönen guten Morgen die Damen«, wünschte er mit der etwas erzwungenen Fröhlichkeit des So-gut-wie-Ertappten und wollte zügig weiter, doch Frau Günzmann sprang ihm entschlossen in den Weg.

»Moooment, junger Mann!«, bellte sie in einer Schärfe, die einen Trupp Soldaten zum Stillstand gebracht hätte. »Was haben wir denn da in der Tasche?« Zusammen mit den beiden anderen alten Schachteln umringte sie Leo und seine Fracht. Drei spitze Schnäbel beugten sich zu ihm herab.

»Das geht Sie überhaupt nichts an«, setzte sich Leo trotzig zur Wehr.

»Aufmachen!«, befahl die Hausmeistergattin, deutete auf die Sporttasche und die beiden anderen Krähen nickten eifrig.

»Nie im Leben!«, protestierte er.

»Na, das wollen wir doch mal sehen!« Frau Günzmann richtete sich auf, stemmte die Fäuste in die Hüften und drehte sich zur offen stehenden Haustür. »Friied-rich!«, schrillte sie. Es klang wie die Trillerpfeife eines Schiedsrichters. Nach einem schweren Foul etwa. »Friiied-*rich*!«

Und Hausverwalter Friedrich Günzmann erschien wie aus dem Nichts heraus leicht atemlos an der Seite seiner Gattin.

»Ja, mein Herz?«, fragte er beflissen.

»Der kleine Ohlig versucht, etwas aus dem Haus zu schmuggeln.«

Günzmanns Blick erfasste die große Tasche und sein Gesicht glühte auf vor Eifer.

»Zieh doch mal den Reißverschluss auf, Friedrich!«

Günzmann bückte sich.

»Finger weg von meiner Tasche!«, brüllte ihn Leo an, doch der Hausmeister sah kurz vom Jungen zu seiner Frau und damit war die Entscheidung gefallen. Ohne weiteres Zögern zippte er den Reißverschluss von einem Ende zum andern. Vier gierige Schnäbel stießen nun hoffnungsfroh hinab auf die wehrlose Beute.

Ein kurzes, perplexes Schweigen, dann verwandelten sich die gierigen Schnäbel in ganz normale, wenn auch reichlich lange Gesichter.

Die Enttäuschung der vier war mit Händen zu greifen. So wie die dicken Packen von Altpapier, die Friedrich Günzmann aus der Tasche hervorkramte.

»Na, zufrieden?«, fragte Leo kühl.

Die vier richteten sich auf, die Mienen vekniffen, und dann drehte sich Günzmann langsam zur Haustür, und man konnte praktisch seinen Gedanken dabei zusehen, wie sie zur momentan völlig unbewachten Rückseite des Gebäudes wanderten.

Wo ein Junge namens Kalle Potthoff die Abwesenheit des Verwalters stillvergnügt zu nutzen wusste.

Endlich, endlich raus aus dieser schaukelnden Wanne! Agathe krabbelte und sprang. Viel hätte nicht gefehlt und ihr wär's hochgekommen in diesem schwankenden Ding auf Rädern und das hätte keinen hübschen Anblick gegeben. Nicht nach alldem, was sie heute Morgen schon aus purer Langeweile in sich reingestopft hatte.

Endlich, endlich ein Gebüsch. Viel hätte nicht gefehlt und … Aber, na ja. Es war ja noch mal gut gegangen.

So. Endlich mal wieder draußen, endlich mal wieder an der frischen Luft.

Sie waren in einem Park. Bisschen kahl, um die frühe Jahreszeit, aber dafür groß, und außer ihnen niemand weit und breit. Ideale Bedingungen für einen schönen, ungestörten Spaziergang.

Und der Junge mit den dicken Gläsern oben und den großen Füßen unten hatte genau das richtige Schritttempo drauf. Das ließ einem Zeit, sich umzugucken, umzuhören, umzuschnuppern. Und, nein, Agathe schnüffelte *nicht* unten an Laternenpfählen. Was immer Hunde daran faszinieren mag, Schweine finden so was … unappetitlich. Um es vorsichtig auszudrücken. Agathe schnupperte mehr generell herum. Schnupperte zum Beispiel diesen hübschen Papierkorb ab. Roch gar nicht schlecht. Roch vielversprechend. Probeweise gab sie ihm einen Schubs mit dem Rüssel. Das Ding blieb stehen. Also gab sie ihm ordentlich eins mit der Schulter. Dann noch eins mit Schwung.

»Hrmpf«, machte sie und ging weiter. Gehören verboten, Mülleimer, die sich nicht umschmeißen lassen, dachte sie grummelig und rieb sich die schmerzende Stelle mit dem Kinn.

Hey, da kamen ja ihr Bettnachbar Leo und auch der andere Junge! Agathe trippelte ihnen entgegen und stupste jedem ein-zweimal freundlich ans Bein. Zur Begrüßung, und auch als kleine Erinnerung daran, dass hier ein Schwein war, das nichts, aber auch gar nichts gegen einen kleinen Happen nebenbei hatte. Immer zu haben für eine kleine Zwischenmahlzeit, dieses Schwein hier, versuchte sie mit weiteren Stupsern zu vermitteln. Doch die Jungs waren abgelenkt, begannen sofort ein ernstes Gespräch und beachteten sie nicht weiter.

Agathe trottete zurück zu ihrem Abfalleimer und brütete lange und gründlich über der Frage, wie gemein man veranlagt sein musste, einen Mülleimer zu konstruieren mit nur einem Schlitz als Öffnung. Gerade groß genug, der Schlitz, um hineinzuspähen, dabei aber gleichzeitig viel zu eng, um ihren Rüssel hindurchzuschieben. Niederträchtig, so was. Einfach abscheulich. Mit einem verächtlichen »Hrmpf« wandte Agathe sich ab, trottete zu der nächsten Baumgruppe und tröstete sich mit ein paar vom Herbst übrig gebliebenen Eicheln.

»Sie haben *was*?«, fragte Pascal ungläubig.

»Sie haben meine Tasche durchwühlt«, antwortete Leo und verwies auf die mittlerweile in den Altpapiercontainer entleerte und zusammen mit dem Skateboard im Kinderwagen untergebrachte Sporttasche. »Und heute Morgen hat Günzmann versucht, sich in unsere Wohnung zu drängen. Irgendjemand im Haus muss Agathe gesehen und das bei ihm gemeldet haben. Und seither laufen die Günzmanns Amok.«

»Ja, aber warum?« Pascal, der mit seiner Mutter in einem Einfamilienhaus wohnte, hatte wenig Erfahrung mit Hausmeistern. »Alles nur wegen der blöden Hausordnung?«

»Also, ich weiß nicht. Ich frag mich, ob da nicht mehr dahintersteckt«, mutmaßte Kalle. »Günzmann muss etwas davon haben, euch um eure Wohnung zu bringen.«

Leo konnte sich nichts Entsprechendes denken.

»Und wir sollten versuchen, das herauszufinden«, fuhr Kalle fort.

»Ja«, mischte sich Pascal ein. »Wir könnten ihn heimlich beobachten.«

»Ihn beobachten?« Leo spürte sein Herz klopfen. Irgendetwas an dieser Idee machte ihm Hoffnung.

»Genau!« Kalle boxte sich in die Hand. »Günzmann harkt doch die Beete hinterm Haus?«

Leo nickte.

»Und zwar direkt an der Hauswand, richtig?«

Leo nickte wieder.

»Da, wo die ganzen Kellerfenster sind?«

Leo nickte noch mal und begann zu grinsen.

»Unter anderem auch das vom Fahrradkeller«, fügte er hinzu und händigte dem schon ungeduldig mit der Hand winkenden Kalle seinen Schlüsselbund aus.

Sie verabredeten noch einen Treffpunkt für später, unten am Fluss, dann schoben Kalle und Pascal eilig und entschlossen ab.

Eicheln, Bucheckern, ja sogar Kastanien! Was immer für Schweine hier in der Gegend wohnten, sie mussten bescheuert sein, die ganzen Leckereien vom letzten Herbst einfach so rumliegen und vergammeln zu lassen.

Agathe pfiff sich die Baumfrüchte rein wie unsereins Erdnüsse, und Leo brauchte einiges an Überredung, sie zum Weitergehen zu ermuntern. Langsam spazierten sie runter an den Fluss.

Der Tag blieb grau und kühl und unfreundlich, die Wolken schleppten dicke, dunkle Bäuche mit sich herum und der nächste Regenguss war nur eine Frage der Zeit.

Wie immer bei miesem Wetter verirrten sich nur wenig Leute in die Parks und an die Uferpromenade.

Agathe hatte ja sofort auf Matsche gehofft, als sie den Fluss erblickte, auf Morast, Schlamm und Schlick, auf einen schönen, breiigen, glitschigen, saugenden und schmatzenden Sumpfgürtel.

Doch nichts davon. Stattdessen eine meterhohe Uferwand. Missmutig blickte sie runter aufs Wasser. Enten! Dick und rund und schwimmen trotzdem obenauf. Anstatt bis zum Rüssel einzusinken, wie normale Tiere. Das kommt daher, dass sie hohl sind, innendrin. Agathe wusste das, denn ihr Ernst hatte eine im Badezimmer, und da quietschte die ganze Luft raus, wenn man drauftrat. Ob das bei denen hier auch funktionierte? Da saßen einige auf der Uferwiese …

Scharen von Enten stoben mit wildem Geschnatter senkrecht in die Lüfte und retteten sich flatternd aufs offene Wasser, wo sie noch eine ganze Weile vor sich hin meckerten. Enorm lustig, doch Leo war nicht zu erheitern. Er war mit den Gedanken bei Kalle und Pascal.

Irgendwann war dann auch die letzte Ente geflüchtet. Agathe kam zurück zu Leo, setzte sich vor ihn hin und blickte zu ihm hoch. Leo sah zu Agathe runter. Beide bemerkten, dass es ihnen langweilig wurde, also machten sie sich auf den Heimweg.

Auf halbem Weg kam ihnen Kalle entgegen.

»Und?«, fragte Leo.

Kalle schüttelte den Kopf. »Noch nichts«, antwortete er. »Doch Günzmann bewegt sich nicht von der Hintertür weg, und Pascal im Fahrradkeller kriegt jedes Wort mit, das er spricht.«

Günzmann lauerte ihnen also immer noch auf. Leo seufzte.

Doch als sie sich dem Wohnblock näherten, schien das Glück auf ihrer Seite zu sein. Günzmann war beschäftigt. Er unterstützte Herrn Meierbeer, der dabei war, sein Liegerad für eine Tour vorzubereiten. Herr Meierbeer war sehr gründlich, weshalb er vor lauter Vorbereiten meist kaum zum Fahren kam. Und die Unterstützung des Hausmeisters bestand in erster Linie aus einer endlosen Litanei unterstützender Kommentare.

Die Sau war schön gemütlich unter einer dicken Decke im Kinderwagen untergebracht, den Kalle schob, während Leo die leere Sporttasche unter dem einen und sein Skateboard unter dem anderen Arm trug.

Der Hausverwalter sah sie kommen, nahm aber nur flüchtig Notiz von ihnen.

»Na, Potthoff, hat deine Mutter schon wieder ein Kind gekriegt?«, war sein einziger Kommentar.

Kalle nickte mit der Geduld von jemandem, der diese Frage gewöhnt ist. Mit insgesamt vier jüngeren Geschwistern war er in vielerlei Hinsicht leidgeprüft.

»Fleißig, fleißig«, schickte Günzmann noch hinterher, dann wandte er sich wieder Herrn Meierbeer zu.

Es war kaum zu glauben! So ein simpler Trick und … sie waren vorbei! Kalle schob mächtig an, er und Leo wollten jetzt so schnell wie möglich durch den Hintereingang ins Haus, als die Tür aufging und ihnen … *Frau* Günzmann entgegenkam.

Sie blickte mies gelaunt drein. Den halben Tag draußen vor der Tür gestanden für nichts und wieder nichts, und jetzt waren ihr auch noch ihre Gesprächspartnerinnen abhanden gekommen. Doch dann fiel ihr Blick auf den Kinderwagen und ein milde geistesgestörtes Strahlen überkam ihre Züge.

»Ei, ei, ei«, rief sie und stürzte auf Leo und Kalle zu, »ei, ei, ei, wo isser denn? Tutsi, tutsi, tuutsii …«

Noch ehe die Jungen auch nur Zeit gehabt hätten, etwas einzuwenden, war die Hausmeistergattin über dem Wagen und hatte die Decke hochgenommen, um einen Blick auf das vermeintliche Baby zu werfen.

Ein mehr als nur leicht genervtes »Hrmpf« schlug ihr entgegen.

Der folgende Schrei ließ reihenweise Fensterscheiben erzittern und hallte wohl noch zwanzigmal von den Fassaden ringsum wider.

Sagen wir's so: Das rosige Antlitz eines Babys und der borstige Rüssel eines Kleinschweins sind sicherlich beide, jeweils auf seine Art, niedlich. Doch wenn man das eine erwartet und dann das andere zu Gesicht kriegt, kann einem schon mal der Schreck in die Glieder fahren.

Und wenn man gerade noch versucht hat, ein vermutlich von zu viel Kastanien verursachtes, gnurpselndes Magengrummeln einfach wegzudösen, um dann mit einem plötzlichen Hochreißen der Decke und einem bis ins Mark gehenden Schrei geweckt zu werden, dann kann einem das verdammt noch mal auf die Laune schlagen.

Agathe setzte sich auf. Frau Günzmann schrie erneut.

Und Leute strömten herbei. Aus allen Richtungen. Sie kamen angerannt, sie kamen angeflogen, sie fielen aus den Bäumen und sie wuchsen aus dem Rasen. Zumindest kam es Leo so vor. Er versuchte, sich schützend vor Schwein und Wagen zu stellen, doch in null Komma nichts waren sie komplett umringt von mindestens einem Dutzend Gaffer.

Ein Schwein! Ohligs! Ein Schwein! Ohligs hielten ein Schwein! Ein lebendes Schwein! Ohligs hielten ein lebendes Schwein! In ihrer Etagenwohnung! Ohligs hielten ein lebendes Schwein in ihrer Etagenwohnung, und ihr Sohn Leopold fuhr es, zusammen mit einem Freund, in einem Kinderwagen spazieren! Hatte es so was schon gegeben?

Man konnte praktisch körperlich spüren, wie sich diese Neuigkeit mit doppelter Schallgeschwindigkeit in alle Himmelsrichtungen verbreitete.

Was für ein Trara! Was für ein Geschnatter! Schlimmer als die Enten vorhin! Und alles starrte sie an! Mehr und mehr Gesichter kamen dazu, glotzäugig, mit hängenden Unterkiefern, eins dösiger als das andere.

Hatten wohl noch nie ein so perfekt gewachsenes, wunderhübsch gestreiftes Schwein wie sie gesehen, die Armen. Trotzdem war es lästig, so begafft zu werden.

Agathe gab ein indigniertes »Hrmpf« von sich und sprang aus der fahrbaren Wanne. Und einem Kerl mit rötlichem, schlecht geschorenem Gesicht und den Augen und dem Geruch eines hinterhältigen Ebers direkt vor die Füße. Der Kerl gaffte mit dem fiesesten denkbaren Grinsen auf sie herunter.

»Gundula«, rief Friedrich Günzmann seiner Gattin lauthals zu, »ich habe das deutliche Gefühl, in Kürze wird oben in der vierten Etage eine Wohnung frei!« Seine Stimme troff vor Zufriedenheit. »Und zur Sicherung der Beweise werde ich jetzt dieses Schwein beschlagnahmen!«

»Nein!«, schrie Leo und wollte sich zwischen Günzmann und Agathe werfen, doch der Hausmeister schubste ihn und Kalle, der das Gleiche versuchte, einfach rüde nach links und rechts beiseite.

»Und damit keiner auf komische Gedanken kommt, werde ich das Tier bis auf weiteres im Heizungskeller einschließen!«

Noch während dieser Worte bückte Günzmann sich abrupt und griff nach Agathe. Er griff ins Leere.

Männer, die dreinblicken wie hinterhältige Eber, und die riechen und grinsen wie hinterhältige Eber, die verhalten sich meistens auch wie hinterhältige Eber. Und bei hinterhältigen Ebern, das wusste Agathe noch aus ihrer Ferkelzeit, muss man sich früh Respekt verschaffen.

Und wenn man sich bei einem hinterhältigen Eber Respekt verschaffen will, dann tut man das am besten an einer Stelle, die möglichst weit entfernt ist von dessen *Zähnen* ... Also mehr hinten ... Und dann schnell weg, natürlich.

Friedrich Günzmanns Schrei hallte noch von den Fassaden wider, da waren Leo, Kalle und Agathe schon im Haus verschwunden.

Und zwei von den dreien waren ausgesprochen bleich. Jetzt war der Ärger perfekt! Was war nur in die Sau gefahren? Wie von Furien gehetzt hasteten sie die Treppen hoch.

Wie Leo dieses Fiasko seiner Familie beibringen sollte, war ihm schleierhaft.

So muss es sein. Ruhe und Bewegung, Entspannung und Abenteuer, rein und raus und wieder rein. Das Rausgehen nutzen, Neues zu entdecken, und das Reinkommen, Bekanntes in neuem Licht zu sehen. Kurz, das Leben als einen Fluss begreifen, der einem ständig Neues vor den Rüssel spült. Das, sagte sich Agathe, ist die Grundlage für eine vernünftige Verdauung. Seit der kleinen Episode mit dem zweibeinigen Eber war sogar ihr gnurpselndes Magengrummeln wie weggeblasen. Und deshalb gab sie dem Treteimer zur Begrüßung eins mit dem Rüssel, dass es ihn mit einem scheppernden »Kloink« nur so auf die Seite schmiss.

»Dreht dieser Günzmann denn durch?« Leos Vater kochte. Leo hatte sich noch im Treppenhaus dafür entschieden, seinen Eltern die Geschehnisse des Tages der Reihe nach zu schildern. Immer schön eins nach dem anderen. Also erst mal, wie Günzmann versucht hatte, sich in die Wohnung zu drängen. Und dann, wie Günzmann nebst Gattin ihm aufgelauert und die Tasche mit dem Altpapier durchwühlt hatte. Seine Mutter schüttelte voll Entrüstung den Kopf, und sein Vater regte sich mächtig auf, was gut war. Denn jetzt kamen sie so langsam zu den, na ja, etwas heiklen Neuigkeiten.

»Doch dann, beim Nachhausekommen«, begann er und brach ab, als die Tür aufging und eine blasse Saskia hereinkam. Gefolgt von einem Mann und einer Frau. In Uniform.

»Papa, Mama, Leo«, sagte sie etwas steif und deutete auf die beiden unschwer als Polizisten zu Erkennenden. »Diese beiden, äh, hab ich im Aufzug getroffen. Sie wollen zu uns!«

Die Polizei? Leo und Kalle sahen einander mit schlechtem Gewissen an.

»Ja, bitte?«, fragte der Vater verwundert und die Beamten stellten sich vor. Der Mann, der etwas älter war, hieß Schuster, seine Kollegin Schnapp. Der Mann wirkte streng, die Frau wirkte sehr streng. Sie hatte die blonden Haare unter der Uniformmütze straff nach hinten gebunden und sie hielt einen Notizblock und einen außerordentlich scharf gespitzten Bleistift bereit.

»Wir sind auf der Suche«, erklärte Polizeiobermeister Schuster und sah sich vorsichtig um, »nach einem wilden Tier. Der Beschreibung nach ungefähr so groß.« Der Beamte hielt seine Hand auf eine Höhe, zu der Dogge Digger hätte aufschauen müssen. »Mit Schaum vor dem Maul und Zähnen von etwa dieser Länge.« Schuster deutete eine Länge an, die einen Säbelzahntiger grün vor Neid gemacht hätte.

Der Vater sah Leo ratlos an. Leo machte eine hilflose Geste.

»Dabei war es Notwehr!«, mischte Kalle sich hitzig ein. »Der Kerl wollte sie angreifen und in den Heizungskeller sperren!«

»Wir werden nicht zulassen, dass Sie ihr auch nur eine Borste krümmen!«, rief Leo.

Der ältere Beamte wiegelte ab. »Niemand will hier irgendjemandem irgendetwas krümmen«, versicherte er beruhigend. »Wir haben nur eine Anzeige zu bearbeiten von einem gewissen ...«, er blickte fragend zu seiner Kollegin, die eifrig: »Ein Herr Friedrich Günzmann, Hausverwalter«, von ihrem Block ablas.

»Ah. Von ihm. Welche Überraschung«, meinte Vater Ohlig trocken. »Vielleicht erfahren wir jetzt mal, was eigentlich los gewesen ist?«

»Nun, es handelt sich um einen Fall von Sachbeschädigung. Und Körperverletzung«, erklärte Frau Schnapp. »Beides ausgeführt durch ein Tier, vermutlich ein Schwein, das sich in Ihrem Besitz befinden soll und dessen Beschreibung ...« Schnapp unterbrach ihren Vortrag und sah nach unten. Auf Agathe. Die kam, fertig mit dem Treteimer, gerade aus der Küche und sah ihrerseits beim Anblick der Polizisten irgendwie trotzig zu Boden.

»Dessen Beschreibung«, begann die Beamtin noch mal, »sich in vielerlei Punkten mit diesem Tier hier deckt. Auch wenn mir bei näherer Betrachtung manches etwas übertrieben vorkommt.«

Leute in Grün, oha. Vor denen hatte ihr Ernst sie immer wieder gewarnt. Mit denen bekam man es besser nicht zu tun. Doch was passiert war, war eben passiert. Und das ... das hatte sein müssen. Agathe war sich keiner Schuld bewusst. Bei hinterhältigen Ebern muss man sich Respekt verschaffen. Und dafür gibt es halt nur eine einzige Methode.

»Sachbeschädigung? Körperverletzung?« Die Mutter rang die Hände.

»Na ja, die Sachbeschädigung ist halb so wild«, meinte die Beamtin. Sie besah sich Agathe und die besah sich Frau Schnapp.

»Sei immer höflich zu den Leuten in Grün«, hatte ihr Ernst ihr beigebracht. Und hinzugefügt: »Vor allem, wenn sie Schusswaffen tragen.« Also versuchte sie sich in einer kleinen Drehung ihres Ringelschwanzes. Oder auch zweien.

»Es geht um eine Hose«, fuhr Schnapp fort. »So 'ne ausgeleierte Joggingbuxe. Ich würde fünf Euro als Streitwert veranschlagen.«

»Doch was die Körperverletzung angeht ...« Der ältere Beamte machte eine vage Handbewegung.

Jetzt blickten sie alle auf Agathe hinunter.

Die wiederum betrachtete den Garderobenständer mit ungewöhnlichem Interesse.

Und die einzige Methode, sich bei hinterhältigen Ebern Respekt zu verschaffen, heißt nun mal *beißen*. In den Hinterschinken. Und dann schnell weg.

»Der herbeigerufene Sanitäter und ich haben gemeinsam einen Blick auf die Verletzung geworfen«, fuhr Schuster fort. »Ich will mal so sagen: Blut geflossen ist keins, aber Hausverwalter Günzmann wird wohl ...« Polizist Schuster zögerte.

Wird wohl was? Leos Gedanken überschlugen sich. Für immer entstellt bleiben? Den Rest seiner Tage im Rollstuhl zubringen müssen? Niemals mehr für Bayern München spielen können? Mühsam riss er sich zusammen.

Der Polizist sah zur Seite. »... wird wohl«, wiederholte er, seltsam gepresst, »die nächsten zwei Wochen auf dem Bauch schlafen müssen!« Damit prustete er los und auch seine Kollegin stimmte mit ein, während die Ohligs und Kalle noch einen Moment brauchten, um sich wieder zu fangen.

Dann wurden die beiden Jungen als Zeugen befragt. Sie blieben dabei, dass es sich in Agathes Fall um Notwehr gehandelt hatte. Schnapp schrieb das alles in ihren Block, Schuster hatte keine weiteren Fragen, also verabschiedeten sie sich. Wem in dieser Angelegenheit zu glauben war, musste wohl ein Gericht entscheiden.

»Na bombig!!« Leos Vater explodierte geradezu, kaum dass die Polizei aus der Tür war. »Nicht genug damit, dass Ernst uns die Wohnung kostet, jetzt bringt uns sein Schwein auch noch vor Gericht!« Und unter gewaltigem Türenschlagen verabschiedete er sich in sein Arbeitszimmer.

Wenig später kam Pascal aus dem Keller. Er wirkte aufgeregt, winkte Leo und Kalle, und sie verzogen sich in Leos Zimmer, wo Pascal sein Fotohandy ausklappte und die Videofunktion abrief. Er hatte Günzmann tatsächlich durch das Kellerfenster hindurch gefilmt. Vom Hausverwalter selbst waren zwar nur die Beine zu sehen, oder besser gesagt: seine ausgeleierte Jogginghose. Doch der Ton war erstaunlich klar.

»Ja, Friedrich hier. Günther, hör zu, ich hab endlich 'ne tolle Wohnung für euch.«

Die Jogginghose ging ein Stück nach links und machte wieder kehrt.

»Super, ehrlich: Fünf Zimmer, Küche, Diele, Bad. Vierter Stock, schön ruhig. Ganz, was ihr sucht.«

Fünf Zimmer, vierter Stock – das war Ohligs Wohnung, kein Zweifel.

»Jetzt passt auf«, flüsterte Pascal, als ob er noch im Keller wäre. »Gleich kommt's.«

»Fünfhundert Euro, Günther, für meine Vermittlung. Und das ist ein Freundschaftspreis. Die Leute stehen Schlange für solche Wohnungen. Manche haben mir schon das Doppelte geboten. Und bei einem Makler würdest du das Dreifache los.«

Die Jogginghose drehte sich so, dass man den Riss in der Hinterseite sehen konnte. Günzmanns Hand betastete die Stelle vorsichtig.

»Natürlich kann ich das nicht *garantieren*, Günther. Doch wenn ich dich empfehle, als Nachmieter, dann klappt das schon. Ich hab einen ganz heißen Draht zur Wohnungsbaugesellschaft.«

Pascal klappte das Handy zu. »Dieser Kerl will euch nur deshalb raushaben, damit er die Wohnung an einen Kumpel verschachern kann«, fasste er zusammen.

Leo war für einen Moment wie vor den Kopf geschlagen. Dieses ganze Getue mit der Hausordnung, mit verbotener Tierhaltung und so weiter, das alles diente nur dazu, damit Günzmann ein bisschen schnelles Geld machen konnte? Er spürte einen Wutanfall seine Magenwände hoch- und runterlaufen.

»Da werden wir dem guten Hausverwalter aber ordentlich in die Suppe spucken«, meinte Kalle versonnen.

Wie das? Leo und auch Pascal sahen ihn überrascht an. Er klang so siegessicher.

»Lass noch mal durchlaufen«, forderte er und Pascal klappte sein Handy wieder auf. Die Hose erschien auf dem Display, Günzmanns Stimme ertönte. Die Jungen lauschten.

»Jetzt«, sagte Kalle plötzlich. »Hört genau hin!«

»... kann ich das nicht *garantieren*, Günther«, sagte Günzmann. »Doch wenn ich dich empfehle, als Nachmieter, dann ...«

»Mach aus«, meinte Kalle. Leo und Pascal sahen ihn an.

»Friedrich Günzmann kann gar nicht *entscheiden*, wer die Wohnung nach euch bekommen soll«, erklärte Kalle versonnen. »Er kann nur *empfehlen*. Das ist der Punkt, wo wir den Hebel ansetzen werden.«

»Ja, aber wie?« Leo war ein bisschen ratlos.

»Tja«, meinte Kalle und sah von Leo zu Pascal und wieder zurück. »Da ist jetzt Fantasie gefragt. Wir kennen den Gegner. Wir kennen sein Ziel. Und wir kennen seine Schwäche. Der Rest liegt an uns.«

Was um alles in der Welt sollte das denn sein? Agathe blickte mit hängenden Schlappohren in einen neu gekauften, gelben Plastiknapf, und vor allem blickte sie auf die Hand voll runder, brauner Bröckchen darin.

»Hundefutter«, erklärte ihr Vater Ohlig gereizt, angesichts ihrer mangelnden Begeisterung. »Lecker, lecker!« Er ging auf die Knie runter und schob den Napf direkt unter Agathes Rüssel.

Hundefutter? War sie etwa ein Hund? So ein hechelnder Schwanzwedler, der seine schnüffelnde Nase an die ekligsten Sachen hielt? Und Hundefutter und »lecker, lecker«? Hatte der Mann noch nie was von Kartoffelbrei mit Soße gehört? Oder Ravioli? Schöne, glitschige Ravioli? Das wäre jetzt was! Hmmmm. Agathe machte Ravioli-Augen, doch Vater Ohlig weigerte sich, das zu verstehen.

»Nun probier es doch wenigstens!«, forderte er, lauter als nötig.

Also gut. Agathe probierte. Sie nahm mit spitzen Lippen eines der Bröckchen auf, legte es sich auf die Zunge und rollte es da hin und her. Es war trocken, geradezu dröge. Und es schmeckte … bäh. Angeekelt spuckte Agathe das Ding wieder aus. Es pfiff Vater Ohlig um Haaresbreite am Ohr vorbei.

»Na gut! Das war's!«, dröhnte der, sprang auf die Füße, öffnete eine Schranktür und zog einen ganzen Plastiksack voll dieser Bröckchen heraus. »Das Zeugs wandert jetzt sofort auf den Müll! Und dieses Schwein kann zusehen, woher es was zu fressen bekommt!«

Moment mal … Okay, es war Hundefutter. Und es war ganz sicher nicht mal halb so lecker wie Ravioli. Oder auch nur annähernd so schön glitschig. Aber – und hier kam Agathe kurz ins Grübeln – es war *viel*. Eine Menge. Ein Riesensack, ein enormer Vorrat, fast so etwas wie ein sich selbst nachfüllender Napf …

Vater Ohlig war mit dem Sack noch keine drei Schritte weit gekommen, da füllte das Geräusch einer mit allen Anzeichen von Begeisterung Hundefutter kauenden Sau die Küche.

»Na also«, knurrte er, etwas besänftigt. »Es geht doch.«

Der Abend verlief ruhig, wenn auch ein wenig bedrückt. Der Ärger, den die nächste Woche mit sich bringen würde, hing wie eine dunkle Wolke über den Ohligs.

Leo hatte erst mal nichts von dem erzählt, was er, Kalle und Pascal planten. Manche Pläne behält man besser für sich. Vor allem, wenn sie noch auf wackligen Beinen stehen.

Später am Abend musste Agathe noch mal runter. Leo wollte gerne mit ihr gehen, doch nein, entschied die Mutter, dafür sei es zu spät.

»Immer ich«, grummelte der Vater. »Aber einer muss ja ...« Er band der schon ungeduldig trippelnden Sau das Halsband um, klinkte die Leine ein, machte die Wohnungstür auf, es gab einen gewaltigen Ruck ... und ein kurzes, energisches Quietschen. Und das Überraschende war: Vater Ohlig stand immer noch, anstatt wie von Sinnen das Treppenhaus hinabgezerrt zu werden.

Agathe setzte sich vor Verblüffung auf den Hintern und Vater Ohlig lachte triumphierend.

»Gummisohlen!«, jubelte er. »Neue Schuhe mit Gummisohlen! Heute Morgen gekauft!« Seine Augen blitzten vor Vergnügen. Agathe hingegen schien weniger begeistert.

»Oh, bitte schön, nach Ihnen«, wies Alfred Ohlig der Sau galant den Weg. Die machte »Hrmpf«.

Kalle lag zu Hause in seinem Bett und versuchte, entweder zu schlafen oder nachzudenken. Beides war so gut wie unmöglich. Das hing zum Teil damit zusammen, dass Kalles Vater mal wieder auf Montage war. Rüdiger Potthoff war Bauleiter und überwachte zur Zeit die Arbeiten an einem Kraftwerk im fernen Dubai. Und seine Mutter war so leichtsinnig gewesen, gerade jetzt Kalles jüngeren Geschwistern zu erlauben, eine Schlafparty für sich und ihre Freunde zu veranstalten. Das Ergebnis war ... Anarchie. Die Fütterungszeit im Affenhaus ist eine Zeit meditativer Stille dagegen.

Geheule. Gekreische. Trampeln. Türenschlagen. Noch mehr Geheule. Hilferufe wegen umgefallener Saftflaschen. Hilferufe wegen voller Hosen. Geheule. Gekreische. Gejohle. Und wieder Türenschlagen.

Kalle presste sich sein Kissen aufs Ohr und versuchte es noch mal mit Nachdenken.

Was war das Letzte gewesen, das er, Leo und Pascal vorhin am Telefon besprochen hatten?

»Was ist das Schlimmste, das Günzmann passieren kann?«, hatte Pascal gefragt. »Er ist sich so sicher, dass sein Plan aufgeht. Womit rechnet er am wenigsten? Darüber sollten wir mal nachgrübeln. Es muss so schlimm sein, dass er nicht nur bereit ist, auf fünfhundert Euro zu verzichten. Sondern das ganze Vorhaben aufgibt.«

Kurz: Sie wollten Günzmann ... schocken. Ihm klar machen, dass sein toller Plan auch ganz toll in die Hose gehen konnte.

Und deshalb hatte er, Kalle, spontan die »Warteliste« erfunden. Die Warteliste bei der Wohnungsbaugesellschaft. Eine Liste von Leuten, die alle einen Anspruch auf eine Wohnung mit fünf Zimmern hatten.

Jetzt musste man nur Mittel und Wege finden, Günzmann die Liste – und die Leute darauf – vor Augen zu führen. Und das müssten lauter Leute sein, vor denen es einen wie Friedrich Günzmann graust ...

Klirren. Geheul. Scheppern, gefolgt von Geheul. Türenschlagen. Noch mehr Geheul.

»Ins Bett! Sofort alle ins Bett! Oder hier geschieht ein Unglück!« Kalles Mutter war hörbar am Ende ihrer Nerven.

Als eine halbe Stunde später langsam etwas Ruhe einkehrte, stand Kalle noch mal auf, setzte sich zu seiner Mutter in die Küche und erzählte ihr von Günzmann. Und von der erfundenen Warteliste.

Pascal lag in seinem Bett und lauschte dem Regen, der in den Gullys des Fridtjof-Nansen-Wegs gluckerte.

Auch er grübelte. Wie könnte man Günzmann begreiflich machen, dass er möglicherweise gar nicht seinen Kumpel Günther als neuen Mieter bekam? Sondern ganz jemand anderen ...

Jemanden von der »Warteliste« ...

Nur wen? Das war das Problem, an dem Pascal herumkaute, als sich zum Gluckern der Gullys draußen ein Donnern gesellte. Ein sanftes, rasch anwachsendes, gleichmäßiges Donnern. Eins wie das von drei großen Motorrädern. Pascal wartete, bis das Donnern unter seinem Fenster vorbei war und kurze Zeit später nach einigen peitschenden Fehlzündungen erstarb. Anschließend geduldete er sich noch, bis auch Dr. Steinbrechers protestierendes Gebrüll mit dem Zuschlagen von Fensterflügeln verstummte. Dann stand er auf, zog sich seine Hose, Schuhe und Regenjacke über und verließ ganz, ganz leise das Haus.

Auch Leo lag wach in seinem Bett. Und zwar schon lange. Neben dem Problem, das auch seine beiden Freunde beschäftigte, stand noch eine zweite Frage im Raum: Wo blieben Vater und Schwein?

Es war weit nach Mitternacht, als der Aufzug rumpelnd in der vierten Etage anhielt. Kurz darauf konnte man ein reichlich umständliches Schlüsselkratzen an der Ohlig'schen Wohnungstür vernehmen. Und noch etwas – ein Lachen. Ein heimliches und wenig intelligent wirkendes Lachen, in regelmäßigen Abständen unterbrochen von einem hohen »Hicks«. Und diesem »Hicks« folgte fast genauso regelmäßig ein tiefgestimmtes »Hucks«. Und dieses »Hucks«, das kam Leo nur allzu bekannt vor. Das war Agathe. Dann musste das »Hicks« wohl von seinem Vater stammen.

Endlich drehte sich der Schlüssel im Schloss und die Tür flog krachend auf.

»Schschsch!« machte der Vater und ließ dann noch ein »Hicks« hören, das von einem »Hucks« begleitet wurde.

»Alfred!«, vernahm Leo das vorwurfsvolle Flüstern seiner Mutter. »Wo warst du so lange? Ich habe mir Sorgen gemacht!«

»Dassis alls unn allaleine ihre Schschuld!«, rechtfertigte sich der Vater, keineswegs um ein Flüstern bemüht.

»Schschsch, die Kinder!«, mahnte die Mutter.

»Diedie hahat mimich inne Kneipe gesssogen, dieda wardas. (Hicks). Unnn dadann hat ssie nichmehr da rarausgewollt. Abssolllut nich. Unn Bier hattse auch getrunken. Weia! Mehr als ich.«

»Hucks«, machte Agathe und schickte noch einen gefühlvollen Rülpser hinterher. Dann trippelte sie Richtung Küche. Kloiink.

»Wiwir waren die abssollluten Stars, heute Abend, Agagathe unn ich!«

»Ja, Alfred, doch jetzt komm ins Bett! Du weckst noch das ganze Haus auf.«

»Die abssollluten Stars waren wir! Selbst Willi der Wirt hahaht gesagt, sonne Stimmung hähätten sie im ›Winkel‹ seit Jahren nichmehr gehabt!« Langsam entfernte sich seine Stimme den Flur hinunter Richtung Elternschlafzimmer. »Bombenstimmung! Ehrlich! Alle, allalle fanden die Sau Spitze, abssolllut Spitze«, hörte man noch. »Einn-malig, ehrlich! Bloß in Pflege nehmen, in Pflege nehmen, (Hicks), dasss wollollte sie keiner. So'n Mist aber auch.«

Die Schlafzimmertür klappte zu und Ruhe kehrte ein. Kurz darauf kam die Sau in Leos Zimmer, ließ sich geräuschvoll auf die Seite fallen und begann augenblicklich, leicht gurgelnd zu schnarchen. Sie schnarchte, wie eine volle Wärmflasche schnarchen würde. Dazu roch sie wie eine ganze Kneipe. Als ob sie nicht nur Bier getrunken, sondern auch noch geraucht hätte.

Wie kam ein Schwein überhaupt dazu, Bier zu trinken? Na, vielleicht kein so großes Wunder bei dem Haustier eines Pianisten, der nachts in einer Bar arbeitete ... Und mit Lulu, der Besitzerin dieser Bar zusammen war ... (Außer, wenn sie Krach hatten. So wie im Moment).

Die »Warteliste« kam Leo in den Sinn und vermischte sich mit den Gedanken vorher.

Plötzlich war er aus dem Bett, stieg über die schnarchende Sau, ging in die Diele und holte sich Telefonbuch und Telefon. Nach kurzem Blättern fand und wählte er die gesuchte Nummer. Es war zwar spät in der Nacht, doch Leo war sich sicher, dass am anderen Ende noch jemand wach war und drangehen würde.

Kapitel 6

Friedrich Günzmann rieb sich die Hände und schmatzte mit den Lippen. Ostersonntag, das hieß bei Günzmanns: Schmorbraten zu Mittag, Schmorbarten mit Rotkohl und Kartoffelklößen, und vorher eine Rinderkraftbrühe und hinterher Vanilleeis mit heißen Himbeeren. Das hieß Ostersonntag bei den Günzmanns. Immer schon.

Friedrich Günzmann rieb sich also die Hände und setzte sich zu Tisch. Seine Frau füllte ihm gerade die dampfende Suppe in den Teller, als es – dingdong – an der Tür klingelte.

Mit einem kurzen Fluch stand der Hausverwalter vom Tisch auf, ging in die Diele und bellte »Ja?« in die Gegensprechanlage. Da klingelte es – dingdong – noch mal, nur diesmal begleitet von einem gleichzeitigen Klopfen an der Wohnungstür. Mit einem Schritt war Günzmann an der Tür, mit einem Ruck hatte er sie geöffnet. »Ja?«, bellte er zum zweiten Mal.

Draußen stand Frau Potthoff. Und sie war nicht allein.

»Was wollen Sie denn?«, fragte der Hausverwalter, irritiert. Denn Frau Potthoff wohnte in einem ganz anderen Block. Und sie war, wie schon erwähnt, nicht allein. Alles andere als das. Da wuselte mindestens ein Dutzend Kinder um sie herum. Kinder in allen Größen und Ausführungen. Und sie wuselten nicht nur.

Nein, sie lärmten auch. In allen Tönen und Schattierungen. Sie lärmten so, dass Günzmann bald die Ohren abfielen.

»Ich komme wegen der Wohnung«, rief Frau Potthoff über das ganze Getöse hinweg.

»We-welche Wohnung?«, fragte der Hausverwalter und versuchte sich zu erinnern, wie viele Kinder die Potthoffs eigentlich hatten. Sein Blick fiel auf den Größten der ganzen Bande und blieb da hängen.

»Na, die Wohnung im vierten Stock, die bald frei wird«, antwortete Frau Potthoff mit unerklärlicher Ruhe. Sie machte keinerlei Anstalten, das nervenzerfetzende Getöse um sie herum auch nur einzudämmen. Oder den Größten der ganzen Bande zur Ordnung zu rufen. Der dastand und mit offenem Mund die breite, erst kürzlich renovierte Hausflurwand bestaunte. Als ob er noch nie eine frisch gestrichene Wand gesehen hätte. Oder als ob er Maß nähme für irgendetwas. Das Beunruhigende daran und gleichzeitig der Grund, warum der Hausverwalter seinen Blick nicht von ihm wenden konnte, war, dass der bebrillte Knabe dabei die ganze Zeit eine klackernde Farbsprühdose schüttelte.

»Die Wohnungsbaugesellschaft hat uns schon lange eine größere Wohnung versprochen, und da dachte ich, ich seh mir die mal an, ob sie uns gefällt.«

Friedrich Günzmann machte große Augen.

»Ver-versprochen?«, stammelte er. »Da müssen Sie in ... äh ... einer Woche wiederkommen«, stieß er eilig hervor. »Oder besser in zwei. Und wenn Sie mich jetzt entschuldigen wollen? Meine Suppe wartet.«

»Na gut«, entschied Frau Potthoff und rief ihre Bande zu sich. Günzmann blieb in der Wohnungstür stehen, entschlossen, auszuharren, bis auch der Letzte, und vor allem der Größte, das Haus verlassen hatte.

»Aber Sie denken an uns?«, fragte die vielfache Mutter noch mal von der Tür her.

»Worauf Sie sich verlassen können«, rief Günzmann ihr nach

und atmete erleichtert auf, als sich die Haustür endlich hinter ihnen schloss.

Draußen auf der Straße drückte Kalle seine Mutter an sich.

»Danke, Mama«, sagte er und ließ sich widerstandslos die Sprühdose abnehmen. »Du, und auch ihr anderen, ihr wart alle großartig. Doch jetzt«, bat er, »jetzt sieh bitte zu, dass du diesen Haufen«, er deutete auf die wuselnde Kinderschar, »wieder auseinander sortiert bekommst, ja?«

Friedrich Günzmann probierte seine Suppe. Sie war kalt, inzwischen. »›Aber Sie denken an uns?‹«, äffte er Kalles Mutter nach und schüttelte sich. »Eins sag ich dir, Gundula, sobald ich Dienstagmorgen die Ohligs wegen Tierhaltung angezeigt habe, sorge ich als Allererstes dafür, dass mein Freund Günther und niemand anders –«

Weiter kam er nicht. Denn in diesem Augenblick klingelte es – dingdong – an der Tür. Günzmann sah seine Frau an, die gerade den Schmorbraten hereintrug, und entschied, das Klingeln zu ignorieren.

Gar nicht so leicht, wenn es – dingdong, dindong – immer weiter klingelt. Und doppelt schwierig, wenn das »Dingdong« dabei von einem Klopfen an der Wohnungstür begleitet wird. Einem langsamen, gleichmäßigen, aber von Mal zu Mal wuchtiger werdenden Klopfen. Man konnte beinahe abschätzen, wie viel Mal noch nötig sein würde, bevor es die Tür komplett aus dem Rahmen klopfte.

Günzmann sprang von seinem Stuhl hoch, war mit einem Satz bei der Tür und riss sie bis zum Anschlag auf.

»Was zum Teufel –«, blaffte er eine Brust an. Und vergaß den Rest seiner Frage. Das war eine breite Brust, die er da gerade angeblafft hatte. Und ausgesprochen schwarz war sie auch. Ledern dazu. Eine breite Brust in schwarzem Leder. Günzmann ließ seinen Blick nach oben wandern, wo er einen dichten schwarzen Bart passierte, um bei einer äußerst schwarzen und äußerst undurchsichtigen Sonnenbrille anzuhalten.

»Ja?«, fragte er und schluckte unwillkürlich.

Der schwarze Riese nahm mit einem Ruck die Brille ab. Seine dunklen Augen blickten starr und finster aus tief verschatteten Höhlen.

»Ich will die Wohnung«, knurrte er.

Günzmann beschloss, sich dumm zu stellen.

»We-welche Wohnung?«, fragte er unschuldig.

»Die im vierten Stock«, knurrte der Riese. »Die bald frei wird.«

Günzmann beschloss, auf ahnungslos zu machen.

»Da-da weiß ich nichts –«

»Vielleicht sollte ich mich erst mal vorstellen«, unterbrach ihn der Riese, verschränkte seine Hände ineinander und ließ die Gelenke knacken. »In meinen Kreisen nennt man mich den ›Zermalmer‹.«

Aus der Wohnung der Günzmanns klang das hässliche Klirren einer zu Boden gegangenen Schüssel.

Der Zermalmer machte einen Schritt zur Seite, und Günzmann fuhr zusammen, als sich der Kopf eines Hundes um die Tür herumarbeitete. Der Kopf eines großen, eines sehr großen Hundes. Er schnüffelte in Günzmanns Richtung und begann zu knurren, dass der Boden unter den Füßen vibrierte.

Bei allem Schrecken sah der Hausverwalter in dem Hund trotzdem so etwas wie einen Rettungsanker.

»Die Haltung von Tieren ist hier im Haus verboten«, sagte er mit einiger Strenge.

»Ach ja?«, konterte der Zermalmer. »Und was ist das hier?« Und er deutete auf – dieses Schwein! Das sich auch noch direkt mit dem Hund anzufreunden schien! Wo kam das denn her? Günzmann wollte hastig erläutern, dass das Schwein genau der Grund sei, warum Familie Ohlig gekündigt würde. Doch dann fiel ihm ein, dass er damit ja zugeben müsste, dass tatsächlich eine Wohnung frei wurde. Was für eine Zwickmühle!

Da flog die Haustür auf. Mit einem Krachen. Und ein junger Mann kam hereingestürmt. Ein kräftiger junger Mann, mit wirrem, blondem Haar und außerordentlich blutunterlaufenen Augen. Er trug eine weiße Jacke ohne Ärmel, deren Knöpfe sich seltsamerweise auf dem Rücken befanden. Ein Arm klemmte in der Jacke, während der andere Arm aus einem langen Riss im Stoff herausragte. Der junge Mann stürmte auf sie zu, stieß den Hund, das Schwein, ja selbst den Zermalmer einfach beiseite und griff sich Günzmann mit der freien Hand am Kragen.

»Die Schlüssel!«, heulte er und sah sich wild um. »Ich brauche die Schlüssel! Zu der Wohnung! Im vierten Stock!« Günzmann wusste nicht, wie ihm geschah. Hilfe suchend sah er sich nach seiner Frau um.

»Das hast du jetzt davon, dass du das mit der Wohnung vor allen Leuten herausposaunen musstest«, ließ sie ihn wissen und ging weiter.

»Die Schlüssel!« Der junge Mann wirkte panisch und schüttelte den Hausverwalter ordentlich durch. »Schnell! Die Schlüssel! Bevor –«

»Igor!«, dröhnte es durch den Hausflur. »Lass sofort den Mann los!« Der junge Mann gehorchte ruckartig und blickte völlig verängstigt drein. Ein rothaariger Pfleger in weißem Kittel näherte sich, in der Hand eine riesengroße Spritze. Er nickte Günzmann beruhigend zu.

»Unsere Anstalt wird geschlossen«, informierte er den Hausverwalter sachlich. »Aus Kostengründen.« Lauernd schlich er auf seinen Patienten zu, der sich nun hinter dem Zermalmer zu verstecken versuchte. »Und die harmloseren Patienten, so wie Igor hier, die werden in normale Mietwohnungen einquartiert. Igor steht schon lange auf der Warteliste. Er muss nur regelmäßig seine Spritzen kriegen …«

»Nein, nicht die Spritze!«, brach es aus Igor heraus, und er hechtete zum Treppenhaus und rannte die Stufen hinauf.

»… dann ist er friedlich wie ein satter Säugling«, versicherte der Pfleger und jagte seinem Patienten hinterher, die Spritze wie einen Dolch umklammert.

Günzmann fand, dies sei ein wunderbarer Moment, heimlich, still und leise seine Wohnungstür zu schließen. Ein großer, schwarzer Stiefel verhinderte das.

»Wir machen es so«, erklärte der Zermalmer mit nach wie vor

eisiger Ruhe: »Ich kriege die Wohnung – Sie bleiben am Leben. Krieg ich die Wohnung nicht, kann ich für nichts garantieren. Kapiert?«

Der Hausverwalter nickte, nickte, nickte, und der Stiefel zog sich aus der Tür zurück. Günzmann drückte sie ins Schloss, drehte den Schlüssel zweimal herum und hängte die Kette vor. Dann erst atmete er aus.

»Das war genial!«, rief Kalle und hieb Pascal auf die Schulter, der sich die ganze Vorstellung noch in der Nacht mit den Zucchini-Brüdern ausgedacht hatte. »Absolut genial!«

Es war fast schon rührend anzusehen, fand Leo, wie sehr Kalle mitging bei dieser Sache. Nach Pascal drückte er nun Saskia an sich.

»Und wie du Nuts ausstaffiert hast«, begeisterte er sich, »ich dachte, ich mach mir in die Hose!«

»Och«, meinte Leos Schwester und tat bescheiden, »wozu hat frau schließlich Nadel, Faden und ein Schminkköfferchen ...«

Allen standen immer noch die Lachtränen in den Augen. Sie hatten sich im Aufzug versteckt gehabt und den gesamten Auftritt der Zucchinis durch den Türspalt beobachtet. Das Schlimmste daran war gewesen, nicht laut herausplatzen zu dürfen. Um ein Haar wären sie trotzdem entdeckt worden, als Agathe beim Anblick ihres Freundes Digger nicht mehr zu halten gewesen war.

Schwatzbacke klopfte und sie ließen ihn mitsamt Hund und Schwein in den Aufzug.

»Genial!« Kalle stürzte sich auf den Zermalmer und umarmte ihn innig. Schwatzbacke blieb wie immer cool, doch ein schmales Grinsen verriet, dass auch er seinen Spaß hatte.

Leo löste den Notschalter und sie ruckelten hoch zur vierten Etage, wo Nuts und Mars schon im Flur warteten und sich nun ebenfalls von Kalle herzen lassen mussten.

»Kommt ihr noch mit rein zum Brunch?«, fragte Leo, begierig darauf, zu sehen, was für Augen seine Eltern beim Anblick der Zucchini Brothers machen würden, doch Mars schüttelte bedauernd den Kopf.

»Wir müssen nach Hause«, erklärte er. »Nachdem aus unserem Motorradtreffen nichts wurde, weil der Zeltplatz überflutet war, haben wir einfach ein paar dutzend Kumpels zu uns eingeladen. Wir wollen da sein, wenn sie ankommen.«

»Und sehen, wie der Brüllaffe platzt«, erklärte Nuts, mit funkelnden, blutunterlaufenen Augen.

»Dann lass mich dich wenigstens noch abschminken«, bot Saskia an. Nuts blickte sie erschreckt an und machte einen unwillkürlichen Schritt zurück.

»Abschminken?«, keuchte er. »Igor ist doch nicht geschminkt!«

»Du kannst doch nicht mit dem ganzen Lippenstift um die Augen herum auf die Straße gehen«, versuchte Saskia es mit Vernunft.

»Lippenstift?« Nuts wandte sich mit rauem Flüstern an Mars. »Hörst du das, Pfleger? Sie redet vollkommen wirres Zeug! Vielleicht besser, wir verpassen ihr die hier!« Und er nahm Mars die Riesenspritze ab und Saskia quiekte entsetzt auf, als er damit auf sie losgehen wollte, doch da hatten ihn Mars und Schwatzbacke schon geschnappt und waren einen Moment später mit ihm und Digger im Aufzug verschwunden.

Ein kurzes Winken, dann schlossen sich die Türen und weg waren sie.

Schade eigentlich. Die Kids seufzten.

»Meint ihr, das war's?«, fragte Pascal schließlich. »Meint ihr, damit haben wir ihn geknackt, den Hausmeister?«

»N-nh.« Kalle zog ein skeptisches Gesicht. »Er kann theoretisch immer noch weitermachen mit seinem Plan und nachher behaupten, die Wohnungsbaugesellschaft habe sich ohne sein Zutun für seinen Kumpel Günther entschieden.«

Hm. Ernüchterung wollte sich breit machen. Nur Leo grinste.

»Wartet's ab«, meinte er und hob den Zeigefinger. »Ich hab da noch eine hübsche, kleine Überraschung für Herrn Günzmann.«

Auch der Schmorbraten war inzwischen kalt, musste Günzmann missmutig feststellen. Und seine Frau blickte so biestig drein wie schon lange nicht mehr. Als ob das gerade alles seine Schuld gewesen –

Günzmann dachte nicht zu Ende, sondern fuhr gewaltig zusammen, als es – dingdong – an der Tür klingelte. Entschlossen sprang der Hausverwalter auf, sprang in die Diele, sprang auf einen Stuhl und riss mit einem gewaltigen Ruck die Klingel von der Wand, warf sie zu Boden und trat noch ein paarmal mit dem Fuß drauf.

»So«, meinte er zufrieden, obwohl ihn seine Frau anstarrte, als ob er den Verstand verloren hätte. »Jetzt werden wir wohl in Ruhe essen können.«

Doch er sollte sich täuschen. Denn noch auf dem Weg zurück an den Tisch kam ein Geräusch von der Wohnungstür. Kein Klopfen diesmal, sondern etwas viel Leiseres. Ein Klackern, ein rhythmisches »Klackediedack«, wie von Fingernägeln. Ja, ein anhaltendes »Klackedieklackedieklack« von, wie es sich anhörte, reichlich langen Fingernägeln ...

»Friedrich?«, fragte eine dunkle, lockende Frauenstimme, »Friedrich, willst du mir denn nicht die Tür aufmachen?«

Gundula Günzmann warf ihrem Gatten einen Blick zu, mit dem er sich hätte rasieren können. Er erbleichte und versuchte mit wenig Erfolg, ein ahnungsloses Gesicht zu machen und seine Frau von der Wohnungstür wegzuziehen.

Klackedieklackedieklack, tönte es, gefolgt von: »Friedrich, Süßer, ich warte!«

Kette los, Schlüssel rum, Tür aufgerissen, Frau Günzmann schaffte das alles in einer einzigen Bewegung.

Draußen stand eine Dame, unglaublich lockig, ebenso hoch bestöckelt wie tief ausgeschnitten wie atemberaubend parfümiert.

»Wer sind Sie?«, schnappte Frau Günzmann.

»Ich bin Lulu«, antwortete die Dame freundlich, »von Lulu's Nachtbar.« Und sie winkte und zwinkerte Herrn Günzmann mit langen Wimpern sehr vertraulich zu.

»Und was wollen Sie von meinem Mann?«

»Nun, Friedrich war so reizend und hat mir eine Wohnung hier im Haus versprochen, und da ...«

»Was? Er hat *was*?!« Gundula Günzmann warf ihrem Mann einen Blick zu, der ihn rücklings an die Wand nagelte. »Woher kennst du diese Person überhaupt?«, fuhr sie ihn an, dass es ihm die Haare nach hinten riss.

»Nun, äh, Liebste, äh ...« Günzmann brachte nichts heraus als haltloses Gestammel.

Lulu antwortete für ihn. »Haben Sie sich denn noch nie gefragt, Frau Günzmann«, gurrte sie, »wieso ihr Gatte von seinen nächtlichen Angeltouren mit seinem Freund Günther so selten *Fisch* mit nach Hause bringt? Doch um noch mal auf Friedrichs Versprechen zurückzukommen ...«

PANGGG!!!, wurde ihr die Tür vor der Nase zugeknallt.

Und nach allem, was anschließend aus der Wohnung zu hören war, ist es wenig wahrscheinlich, dass Friedrich Günzmann an diesem Tag noch etwas von seinem Vanilleeis mit heißen Himbeeren gesehen hat.

Als sie am späten Vormittag aufstanden, wunderten sich Vater und Mutter Ohlig schon ein bisschen, dass sowohl Leo und Agathe als auch Saskia nicht da waren. Leicht verschlafen begannen sie, in aller Ruhe den ostersonntäglichen Brunch vorzubereiten, ein ausgedehntes, großes Frühstück, zu dem häufig auch ein paar Freunde und Bekannte hereinschneiten.

Die beiden waren gerade dabei, Tischtücher zu entfalten, als Saskia zur Tür hereinkam, gefolgt von Kalle, Pascal und Agathe.

Alle machten einen aufgekratzten und gleichzeitig gespannten Eindruck. Leo käme gleich nach, erklärten sie und halfen dann bei der Vorbereitung des Frühstücks mit. Dabei ließen sie die Wohnungstür nicht aus den Augen.

Irgendetwas schien in der Luft zu liegen, irgendeine Überraschung anzustehen, und Vater Ohlig war nahe daran, Fragen zu stellen, als sein elfjähriger Sohn Leopold in Begleitung einer Barfrau nach Hause kam.

Stups ans Bein, Maul auf, »haps«. Weiter zum Nächsten. Fantastisch, dieses Frühstück, einfach fantastisch. Agathe amüsierte sich prächtig.

Trotzdem, irgendwas stimmte nicht ganz. Da lag eine Spannung in der Luft, ein leichtes Knistern. Als ob die Leute am Tisch auf irgendetwas warteten. Auf etwas, das keiner aussprechen wollte. Na, was auch immer. Man würde es schon erleben. Und bis dahin: Stups, Maul auf, »haps«.

Sie hätten vor dem Frühstück noch etwas zu erledigen gehabt, erläuterte Leo seinen Eltern. Mehr war aus keinem am Tisch herauszuholen.

Auch die Anwesenheit der überaus charmanten Lulu wurde nur recht vage damit erklärt, sie habe ihnen »einen Gefallen getan«.

Die Versammlung da am Tisch teilte ein großes Geheimnis, das war unübersehbar. Und sie schienen weiterhin auf etwas zu warten. Oder auf jemanden. Vater Ohlig, ganz kirre vor Neugier, war als Erster auf den Beinen, als es klingelte.

Alle am Tisch sahen ihm gebannt zu, wie er die Tür öffnete.

Und unterm Tisch erst!

»Ernst!«, entfuhr es dem Vater, vollkommen baff. Denn da stand er: Ernst Ohlig, Leos Onkel und rechtmäßiger Halter eines tibetanischen Kleinschweins. Das bei seinem Eintreten unterm Tisch hervorgeschossen kam wie ein schlappohriger Torpedo aus der Flanke eines U-Bootes.

»Hallo Agathe, mein Mädchen«, begrüßte er die Sau. Die ihn, wie Leo mit einem kleinen Stich von Eifersucht feststellen musste, mit überschäumender Begeisterung umsprang und nichts unversucht ließ, ihren Ernst von den Beinen zu holen, um ihm das Gesicht abschlabbern zu können. Damit hatte sie zwar zuerst keinen Erfolg, doch jemand sollte ihr gleich zu Hilfe kommen.

Fertig damit, sein Schwein zu streicheln, richtete sich Ernst Ohlig auf.

Er trug wie immer einen etwas zu klein geratenen Anzug und wie immer eine mit Klebeband geflickte Brille, fast so dick wie die von Kalle. Das war seine Privat- und gleichzeitig seine Bühnengarderobe. Selbst früher, als er noch Keyboard in einer Punkband spielte, war er immer so aufgetreten.

»Hallo Leute«, strahlte er in die Runde. Dann erkannte er Lulu. Und machte unwillkürlich einen Schritt zurück, wobei er sich beeilte, die Brille abzunehmen.

Lulu stand wortlos auf, zupfte sich nacheinander drei große Ringe von den Fingern der rechten Hand, die sie zur Faust ballte, mit der sie ihrem Ernst eins aufs Auge gab, dass es ihn rücklings auf die Bretter schickte, wo er augenblicklich von Agathe liebevoll und spuckefeucht beleckt wurde.

»Das ist dafür, dass du mit dieser Marion rumgeknutscht hast«, grollte Lulu, streifte ihr Ringe wieder über und stolzierte in die Küche, wo man sie am Kühlschrank hantieren hören konnte.

»Ja, ich freue mich auch, dass das jetzt geklärt ist«, meinte der Onkel mit leisem Ächzen, schob das Schwein beiseite und erhob sich mühsam.

Vater Ohlig, der eigentlich mit Vorwürfen über seinen Bruder herfallen wollte, sah sich durch Lulus Attacke ein bisschen den Wind aus den Segeln genommen. Er ließ einen raschen Blick über die Versammlung am Tisch wandern. Alle wirkten ein bisschen aus dem Konzept gebracht. Auf Ernst schienen sie also nicht gewartet zu haben. Doch auf wen dann?

»Wieso bist du schon zurück, Onkel Ernst?«, wollte Leo wissen. »Ich dachte, du bleibst zwei Wochen?«

»Na ja«, meinte der Onkel, setzte sich und betastete sein Auge, bis Lulu ihm sachte einen Eisbeutel draufdrückte.

»Lass mich raten«, mischte sich der Vater ein. »Du bist mal wieder gefeuert worden.«

»Na ja.« Der Onkel presste sich den Eisbeutel aufs Auge, während Lulu ihm Kaffee einschenkte und ein Brötchen mit Rührei machte. »Es war so: Ich sollte eigentlich nur so klimpern. In dem großen Speisesaal an Bord dieser Fähre. Hab ich auch gemacht, aber Mann, es war langweilig. Dann hat mir einer ein Bier ausgegeben, damit ich ein bisschen schneller spiele. Also hab ich ein bisschen schneller gespielt. Dann kam noch ein Bier, damit ich noch ein bisschen mehr Gas gebe. Das fing an, Spaß zu machen, und dann kam ein Bier mit der Forderung, ich solle ...«

»Nein«, unterbrach ihn Leos Vater. »Du hast nicht ... «

»... ich solle ihnen doch was *singen*«, brachte der Onkel seinen Satz zu Ende.

In dem entstehenden Schweigen konnte man hören, wie unterm Tisch ein Schwein auf die Seite fiel.

»Nur ein, zwei Lieder, und es gab, na ja, einen kleineren Tumult. Die einen fanden's toll, die anderen, na ja, nicht so. Und nachdem einiges an Mobiliar kaputtgegangen war, hat die Ree-

derei beschlossen, die Wogen künftig ohne meine musikalische Begleitung zu kreuzen.«

Der Vater schnaubte, doch Ernst Ohlig wirkte ganz vergnügt und tauschte einen verliebten, wenn auch einäugigen Blick mit seiner Lulu.

»Hast du überhaupt eine Vorstellung davon, in was für Schwierigkeiten du uns mit dieser schwachsinnigen Aktion –« Vater Ohlig, der sich eigentlich gerade so richtig schön in Rage reden wollte, reagierte sehr unwirsch, als ihn die Türklingel unterbrach. Er ging hin, um aufzumachen, und als er die Klinke in die Hand nahm, fiel ihm auf, dass der Raum hinter ihm in absolute Stille verfiel. Das schien also der Besuch zu sein, auf den hier alles wartete. Gespannt öffnete Alfred Ohlig die Tür.

Draußen stand Friedrich Günzmann. Und knapp dahinter Gundula, seine Frau.

Leos Herz schlug ihm bis zum Hals. Er tauschte kurze Blicke mit Kalle und Pascal, die genauso aufgeregt waren wie er. Jetzt würde sich zeigen, ob ihr Plan aufging!

Sie schlichen in die Diele und verteilten sich rechts und links von der Tür.

»Sie wünschen?«, fragte Alfred Ohlig eisig.

Günzmann schwieg betreten. Er kratzte sich am Kopf und betrachtete die Fußmatte der Ohligs Rat suchend, wie ein Schüler seinen Spickzettel.

»Na los«, forderte seine Frau und gab ihm einen unsanften Schubs.

»Also, die Sache ist die«, begann Günzmann zögerlich. »Ich ...«

Noch ein Schubs. »Wir«, korrigierte er sich hastig, »das heißt, meine Frau und ich, wir äh, haben beschlossen …« Günzmann wusste nicht weiter.

»Weil Sie doch so ruhige und angenehme Mieter sind …«, soufflierte ihm seine Frau und gab ihm noch eins ins Kreuz.

»Weil Sie doch so ruhige und angenehme Mieter sind«, wiederholte Friedrich Günzmann brav, »wollen wir auf eine Anzeige bei der Wohnungsbaugesellschaft wegen der Haltung eines, äh, Haustieres vorerst verzichten.«

Vater Ohlig runzelte die Brauen vor Verwunderung.

»Und auch die Anzeige wegen Sachbeschädigung und, äh, Körperverletzung zurückziehen«, fügte Günzmann hinzu, sichtlich erleichtert, das hinter sich gebracht zu haben.

In der Diele strahlten alle Beteiligten um die Wette. Dies war ein Sieg, und zwar ein Sieg auf ganzer Linie!

»Schön und gut«, meinte Vater Ohlig mit überraschend säuerlicher Miene. Er wirkte, anders als erwartet, kein bisschen froh über diese Neuigkeiten. »Aber leider kommt Ihre Einsicht zu spät. Wir werden die Wohnung zum nächstmöglichen Termin kündigen. Mit anderen Worten: Wir ziehen aus!«

Hausmeister Günzmann bemerkte vor lauter Überraschung nicht, dass ihm der Mund offen stand.

Kalle, Leo und Pascal sahen einander an. Es war klar, dass sie der Teufel ritt, doch sie konnten nicht anders. Kalle machte den Anfang. Er streckte seinen Kopf um den Türrahmen herum und sagte: »Übrigens, Herr Günzmann. Der Zermalmer hat sich die Wohnung eben angesehen. Er findet sie cool.«

Günzmann zuckte wie unter einem Stromstoß.

Leo nahm Kalles Platz ein.

»Und Igor war auch hier. Wir mussten ihm einen Satz Schlüssel geben, sonst wäre er nicht wieder gegangen.«

Günzmann schnappte hörbar nach Luft.

»Und was Lulu angeht«, begann Pascal, doch Lulu schob ihn sanft zur Seite und eine Hüfte vor.

»Was Lulu angeht«, raunte sie vertraulich, »wird unser Friedrich hier bestimmt nicht sein Versprechen vergessen, oder?«

Und Friedrich Günzmann schrie kurz auf, riss sich los und rannte panisch davon. Ruhig, aber entschlossen machte sich seine Frau an die Verfolgung. Und es war gruselig anzusehen, wie sie dabei vielsagend ihre Ärmel aufkrempelte.

Sie warfen die Tür ins Schloss, bevor der Jubel losbrach. Doch nachdem sich die allgemeine Ausgelassenheit gelegt hatte, starrten alle Vater Ohlig an. Der blickte ein bisschen trotzig drein.

»Alfred, hast du das gerade ernst gemeint?«, fragte seine Frau vorsichtig. »Wir ziehen aus?«

»Jawoll«, bestätigte ihr Mann. »Mir ist nämlich gerade eines klar geworden: Ernst ist wieder da. Und das bedeutet«, Vater Ohlig ließ sich schwer auf einen Stuhl fallen, »wenn Ernst nachher nach Hause geht, dann nimmt er Agathe mit.«

Alle nickten, auch wenn Leo bei dem Gedanken schlucken musste. Seinem Vater schien es verblüffenderweise ganz ähnlich zu gehen.

»Und deshalb brauchen wir ein Haus mit Garten. Unbedingt.«

Alle blickten ihn abwartend an. Doch anstatt den Zusammenhang näher zu erläutern, sah Vater Ohlig nur einen Moment ins Leere, beugte sich dann ruckartig nach vorn und hob die sichtlich überraschte Agathe auf seinen Schoß.

»ICH WILL NÄMLICH AUCH EIN SCHWEIN!«, brach es aus

ihm heraus, dass die ganze Nachbarschaft etwas davon hatte. Und er drückte Agathe ganz fest an sich.

Leos Mutter nahm Lulu einen Schritt beseite. »›Die haben alle einen Triller unterm Pony, die Ohligs‹, hat meine Mutter immer zu mir gesagt«, vertraute sie der Barfrau leise an. Die seufzte tief und nickte voller Verständnis.

Und während Saskia sich noch etwas ungläubig an die Stirn fasste, sprang Leo vor Freude bis fast unter die Decke.

Und Agathe? Die war ja immer schon vehement für die Schweinehaltung gewesen, sah vergügt von einem zum anderen und machte behaglich »Ochochoch«.

ENDE

JÖRG JURETZKA wohnt mit Frau und Tochter in seiner Geburtsstadt Mülheim an der Ruhr. Bevor er Schriftsteller wurde, hat er sich in 34 anderen Berufen versucht, nicht alle davon lustig. Er isst ausgesprochen gerne Pizza und sein Lieblingstier ist der Maulwurf. Seine Helden sind Motorradrennfahrer und Rockmusiker. Wenn er nicht gerade schreibt, treibt er sich viel mit seinen beiden Hunden im Wald herum. Er liebt das Meer und die Berge und weiß deshalb nie so recht, wohin in Urlaub. Neben Kinderbüchern schreibt er auch fürs Fernsehen und – für die Erwachsenen – Kriminalromane.

PAPAN, geboren 1940 in Schweinfurt, erlernte den Beruf des Buchhändlers, wurde in Berlin Requisiteur und begann zu zeichnen. 1965 wurden seine ersten Cartoons in der ZEIT abgedruckt, später auch im STERN und in der BRIGITTE. Er veröffentlicht Bücher und hat eine Tochter, die ihn allein erzieht.

Ein Fall für Paul und Prinzessin

Krimis von Wolfram Hänel
Mit Bildern von Bengt Fosshag

Die Sache mit den Weihnachtsmännern
144 S., geb., mit schwarzweißen Abbildungen, ab 10

Eigentlich wollte Charlotte nur den alten Stamke in seiner Werkstatt auf dem Garagenhof besuchen. Doch da steht plötzlich dieser Junge vor ihr, der nicht nur unmöglich aussieht, sondern sich auch noch ziemlich seltsam verhält. Als er sie mit einer Geschichte über einen Gangster und einen »toten Briefkasten« vollquatscht, will sie schon gar nichts mit ihm zu tun haben. Aber dann muss Charlotte doch zugeben, dass da irgendetwas dran ist an der Sache mit den Weihnachtsmännern – und die beiden nehmen die Spur auf.

Der Tag an dem Lehrer Roth verschwand
184 S., geb., mit schwarzweißen Abbildungen, ab 10

Paul und Prinzessin sind begeistert: Sie fahren nicht nur mit dem supernetten Kunstlehrer Roth ins Landheim, sondern sie sollen dort auch einen Film drehen! Doch dann ist Lehrer Roth plötzlich verschwunden. Klar, dass Paul und Prinzessin sofort die Ermittlungen aufnehmen. Sie finden allerdings höchst widersprüchliche Indizien. Paul und Prinzessin stehen vor einem Rätsel.

Auf der anderen Seite der Schlucht
184 S., geb., mit schwarzweißen Abbildungen, ab 10

Ferien mit den Eltern in Italien: Paul und Prinzessin langweilen sich total. Bis sie ein geheimnisvolles Geisterdorf auf der anderen Seite der Schlucht entdecken. Dass sich da jemand versteckt, finden die beiden schnell heraus. Ob das die polizeilich gesuchten LKW-Kids sind? Paul und Prinzessin stoßen bei ihren Ermittlungen auf viele Ungereimtheiten ...

Gerstenberg Verlag

Bibliografische Information Der Deutschen Bibliothek
Die Deutsche Bibliothek verzeichnet diese Publikation in der Deutschen Nationalbibliografie; detaillierte bibliografische Daten sind im Internet über *http://dnb.ddb.de* abrufbar.

Umschlagillustration von Papan
Druck und Bindung: Ebner & Spiegel, Ulm
Printed in Germany

www.gerstenberg-verlag.de

ISBN 978-3-8067-5112-3

06 07 08 09 10 5 4 3 2 1